El último día de Terranova

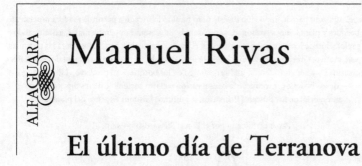

Manuel Rivas

El último día de Terranova

Traducción de María Dolores Torres París

Título original: *O último día de Terranova*
Primera edición: noviembre de 2015
Segunda edición: diciembre de 2015
Tercera edición: diciembre de 2015

© 2015, Manuel Rivas Barrós
© 2015, María Dolores Torres París, por la traducción
© 2015, de la presente edición en castellano para todo el mundo:
Penguin Random House Grupo Editorial, S. A. U.
Travessera de Gràcia, 47-49. 08021 Barcelona

© Diseño: Proyecto de Enric Satué
© 2015, Tamara Feijóo por la ilustración de la cubierta

Printed in Spain – Impreso en España

ISBN: 978-84-204-1091-3
Depósito legal: B-21569-2015

Impreso en Unigraf, Móstoles (Madrid)

AL 10913

Penguin
Random House
Grupo Editorial

Al librero Molist, in memoriam

A Elsa Oesterheld, en el lembrar en la Línea del Horizonte

A Lola, Begoña, Silvia, Amparo
y Marta, libreras

A Mónica Sabatiello; Débora Campos;
Noemí Fernández; Susana Falcón, Tati;
Mario Greco; Francisco Lores; Carlos X. Brandeiro,
y los estudiantes de Rosa de los Vientos
de Buenos Aires

A Lorena Pastoriza, de la República
de los Cirujas

A la gente de La Sala, de Caballito

A Carmen Rama, neogriega

Liquidación Final
Galicia, otoño de 2014

Están ahí los dos, al pie del Faro, en las rocas fronterizas. Ella y él. Los furtivos.

Estoy de pie frente al mar y tengo miedo a girarme, a darles la espalda, y que todo desaparezca para siempre. También ellos. Que cuando me vuelva, solo encuentre un inmenso vacío partido por la Línea del Horizonte, una línea fósil, sin recuerdos que se muevan en ella como ahora lo hace Garúa en bicicleta con su lote de libros en las alforjas. Que de pronto se encienda de día la linterna del Faro y un destello de luz negra, humeante, recorra la ciudad y enfoque acusador la fachada de Terranova y el letrero del escaparate en el que escribí: *Liquidación final de existencias por cierre inminente*.

No, no debería haber escrito ese aviso.

Imagino las miradas examinando las últimas existencias, sopesando el valor, el estado de salud, el color, la musculatura, la resistencia del lomo, y las existencias atónitas, empezando a no sentir el suelo, en un estado de desaparición.

Tengo que volver y retirarlo, el letrero.

Mejor mentir y escribir: *Liquidación por defunción*. Y estar allí, en primera línea.

¿Qué hace usted aquí, señor Fontana?

Esperar al muerto, como todo el mundo.

Eso tal vez provocaría un aplauso. Qué menos que un aplauso, que una ovación. Eso sería una chispa de esperanza. Yo viví esa profecía, la llevé en una chapa cuando dejé de ser el Duque Blanco: *No Future*. No hay futuro. Me estremece saber que teníamos razón. Era lo último que queríamos tener, la razón. Como descubrir ahora que nuestra fealdad intencionada era una forma de belleza. Que la costra de suciedad era una capa protectora.

> *Povertade poverina,*
> *ma del cielo cittadina...*

Qué bien me sienta este rezo. Mi poeta, Jacopone da Todi. Un regalo del tío Eliseo cuando yo estaba en el Pulmón de Acero: Y te daré pan y agua y hierbabuena, y un puñado de sal a quien venga de fuera.

Debo volver y retirar ese letrero, pero tengo miedo a irme.

Estoy hecho de agua, aire y miedo. De nuevo.

Cuando estaba allí, en el Pulmón de Acero, en el Sanatorio Marítimo, era el burbujeo de las olas el que arrullaba y adormecía mi miedo a extinguirme. La poliomielitis, ¡la polio!, me afectó a mí, pero cayó como un obús en Terranova. Había una gran epidemia de la que apenas se informaba. Cuando golpeaba cerca, la gente descubría, atónita, que la peste acechaba hacía tiempo. A mí no solo me paralizó piernas y brazos. El aparato respiratorio se olvidó de respirar.

Me salvó el Pulmón de Acero.

El cuerpo metido en un tanque cilíndrico. La máquina lo hacía trabajar y recordar. Presionaba para expulsar el aire, cedía para expandir el tórax y animarlo a entrar. Solo la cabeza permanecía fuera, sellada por el cuello. Es curioso. Observar el mundo exterior mientras la vida, tu vida, lucha en la oscuridad. Me sentía en un batiscafo, en una nave a modo de cápsula que parecía hecha a mi medida. El espejo, colocado en lo alto para ver sin tener que mover la cabeza, era mi periscopio. En esa posición, la del enfermo inmovilizado, penosa, tenía a veces la sensación de ver lo que los otros no veían. Lo invisible.

No debería haber escrito ese letrero. No debería haberlo puesto en el cristal con esa orla de esquela mortuoria.

Camino del Faro, me había ido encontrando con carteles semejantes. El kiosco de prensa Sócrates: *Liquidación por cierre*. La tienda de lámparas Boreal: *Liquidación de existencias*. La confitería Ambrosía: *Liquidación obligatoria*. Incluso la taberna Ovidio, ya sin letrero, cómo protestan los ojos cuando paso por delante. La lencería La Donna Moderna: *Liquidación total*. Esa fue la liquidación en la que más me paré. Dicen que los libreros, cuando salen de paseo, se dedican a ver librerías. Pero no es mi caso. Yo siempre me fijé más en las ferreterías, en los ultramarinos, en las tiendas de juguetes, y en las lencerías, sobre todo en las lencerías donde hay maniquíes. Ah, mi ruta de la seda. La Maja,

Las Tres Bes, La Gloria de las Medias, La Crisálida.
Y también la sombrerería Dandy. ¡Pruébese un sombrero, señor Fontana! Yo necesito uno de gánster,
señor Piñón. No hay problema, ¡se lo hacemos a la
medida de Chicago! Pero hoy, en el escaparate de
La Donna Moderna, solo hay maniquíes desnudos
con el letrero de *Liquidación total*. Una parada para
el desasosiego. Y yo necesito un respiro. Mi memoria es una prolongación del aparato respiratorio. En
estos casos, no hay tanta distancia entre el viejo y el
niño que fui. Me apoyo, por fin, en el árbol de la hor-
ca. En el mismo parque donde colgaron al héroe
de la ciudad, el general liberal Díaz Porlier, como
corresponde al hijo más querido, el ahorcarlo. Y para
calentarle los pies y aliviar lo incómodo de tal posición, quemaron bajo el péndulo del cuerpo sus
papeles, las memorias, los manifiestos y también
las cartas de amor. Ese árbol me da ánimos. Por eso
no me molestó, me alegré como un héroe el día en
que oí un murmullo travieso a mi espalda: ¡Qué
bien cojea ese cabrón!

    Ahora me siento culpable de todos los cie-
rres. Por haber escrito ese letrero. Una rebelión de
los ojos. Por haber metido la jodida mano en la
intimidad de las palabras. Debería abrir día y noche. Poner luces de barco. Hace tiempo que no veo
a jóvenes robando libros. Esa excitación que se produce en el cuerpo, en la mirada. Tengo que volver
rápido a la librería. A lo mejor hay alguien que
quiere robar un libro. Qué chasco se va a llevar.
Qué desilusión.

Son los furtivos. Son ellos. Mi compañía en el fin de la tierra.

Somos, los tres, inconfundibles. Él, el guerrero, la rasqueta como lanza en ristre, arrancando las piñas de percebes en la roca que llaman Gaivoteiro. Cuando se agacha, semeja un cefalópodo. Cada vez que se yergue parece más alto, se alarga metros como un trazo vertical del horizonte. En el cinturón lleva unas bolsas de red donde guarda su captura. Cuando llena una, se la arroja a ella, a la chica menuda. Lo normal es que estén unidos por un chicote. Estoy acostumbrado a verlos así, un extraño ser anfibio con dos cuerpos. Yo, el vigía de la Línea del Horizonte, ¿qué seré para ellos?

Lo sé. Quien está mirando lo que no debería mirar. Quien está donde no debería estar.

Un ángel caído y con muletas. Una liquidación.

La razón de que estén solos en las rocas, de que aprovechen la ausencia de los otros mariscadores, de los profesionales, es el tiempo. Se acerca un temporal. Ahora mismo, nadie lo diría. Porque el mar parece inquieto, pero más frágil y resentido que poderoso y enojado. La impresión es que está a punto de hacerse añicos, tembloroso y agrietado por todas partes, escupiendo y supurando espuma.

Los pronósticos se dan ahora con mucha precisión. Dentro de poco, calculo que en dos horas y media, al paseo del Orzán, con todo el panorama de la ensenada, acudirá una multitud armada con sus herramientas de grabación. Se espera una ciclogénesis explosiva. Es decir, un temporal, incluso una tempestad. Pero esos dos términos están en desuso, como miedos antiguos.

Lo que está a punto de hundir Terranova, no obstante, es una tempestad. Es la palabra que utilizo cuando me preguntan. Me costó llegar a ese augurio trágico. Me parecía un vocablo demasiado excepcional e incluso me daba cierto pudor utilizarlo. Pero cuando lo digo, me doy cuenta de que nada ni nadie se tambalea, excepto yo y la propia Terranova. Lo que sucede, ocurre en el presente, pero cuando explico lo que nos está pasando, mi diagnóstico, me doy cuenta de que me escuchan como un murmullo ya pasado.

Veo en la Línea del Horizonte a mi tío Eliseo, enarbolando uno de sus cien paraguas. Debe de preocuparle que me tire: ¡Eh, chaval, no te derrumbes! Estoy ya viejo para suicidarme, tío. Siempre me trata así, de chaval, probablemente porque me ve otra vez con muletas. Desde que empezó el asedio a Terranova, he vuelto a necesitarlas. El Síndrome Post-Polio, dijo el doctor. La tempestad, es lo que es. Fontana, ¿por qué no compra una de esas sillas con motor?, me preguntó Old Nick, el rentista que quiere expulsarme del edificio, precisamente él. Y le contesté como un neogriego, cual digno hijo de Polytropos: Porque quiero que admiren los muslos que muestra un viejo cuando se despoja de los harapos.

¿Son nuevas?, pregunta tío Eliseo en la Línea del Horizonte.

Son canadienses, tío. Articuladas. ¡Bengalas canadienses!

¡Fabuloso! Pues no desfallezcas, chaval. ¿Qué dijo Will en *La tempestad*?

Que el pasado es un prólogo, tío.

Y se va reconfortado, convencido de que, en última instancia, una malla de red poética protege de la caída a la humanidad.

Pobre Will, pobre Eliseo.

De modo que todos los informativos hablaron de una ciclogénesis explosiva, con un mar arbolado de olas de más de diez metros. De no ser así, pienso, de no responder el mar a esa expectación, el público se sentirá chafado con las cámaras y los móviles a punto: ¡Menudo fraude! ¡Qué birria de naturaleza! Ya los futuristas decretaron que después de la Electricidad, la naturaleza había perdido todo interés. Los nietos del capo Filippo Tommaso Marinetti dale que te pego a la PlayStation con los juegos de guerra. *La guerra è bella!* Debería haber escrito una letra así para que triunfasen Los Erizos.

¡Epopopoi popoi!, me gritó hoy el Nacho Potencialmente Peligroso, el jefe de una pandilla que anda por la Vereda de la Torre con uno de esos perros catalogados PPP.

¡Popoi popoi!

Cambié de rumbo, pero respondí. Por vez primera, respondí. Se quedó satisfecho, un colega. Debe de ser de los pocos que recuerdan en la ciudad que yo fui el letrista de Los Erizos, un grupo con cierto éxito en el ambiente *heavy*, hasta que se dieron cuenta de que no éramos *heavys*. Que la canción *Cross a la mandíbula* era una metáfora. Fue culpa mía, la puta cultura. Lo solté yo, en una entrevista, lo dije así, que *Cross a la mandíbula* era solo una metáfora. ¿Cómo? ¿Qué dice? ¿Una metáfora? En la siguiente actuación, alguien tiró una metáfora que le abrió al cantante una brecha en la cabeza. Y ahí se fue el mito al carajo, por el vertedero de los mitos. Ahora solo hago canciones mientras camino, me apoyo en el ritmo de las muletas e injerto los regalos que fui apañando al azar y amontonando en mi hospicio, como el colega de mi tío Eliseo, el loco Fijman:

¡Hospedería triste de mi vida
en donde solo se aposentó el azar!

Están cogiendo percebes. Él se mueve con una seguridad anfibia, como siempre. Cuando se inclina y golpea en la piedra con la rasqueta, parece un ser venido del mar para luchar con la tierra. Con ese traje oscuro de neopreno, agachado, moviendo con energía los brazos, tiene algo de alcatraz gigante. Cuando se yergue, parece muy alto, de una altura imposible que luego se retrae, flexible, flaco, correoso. Pero no hay nada que lo sujete a tierra. El propio mar, si tuviera ojos, podría darse cuenta de esa anomalía. Y se da cuenta.

Imagino la Ola. No una ola, sino ella, exactamente esa. La Golosa. El movimiento sinuoso de una fuerza que acecha, consciente de sí, camuflada entre las aguas. Puedo oír el ultrasonido de su rugir, la puesta a punto de ese engranaje hidráulico, bajo la superficie tranquila del mar.

Puedo verla. La chica se aleja, pero no tanto, paralizada por el asombro de ver cómo él, que se ha plantado frente a la ola gigante, inesperada, en posición de gladiador con la rasqueta, él ya no está en el sitio en que estaba. No está. No hay hombre. Solo la espuma que ha dejado la ola.

Llamo por el móvil. Uno de esos números de tres cifras. La torpeza de los dedos. Usted no tiene dedos de librero. Tiene dedos de estibador. No saben lo que es mover libros en el Sanctum Regnum. El gasto en prótidos, lípidos y glúcidos. La memoria tiene su estrategia. Me sale el de la policía, el 092. Estoy tan nervioso que no necesito dramatizar, pero digo que son dos los desaparecidos, un hombre y una mujer.

Ahí viene. El helicóptero de Salvamento Marítimo.

Ella está en el límite, con la espuma lamiéndole los pies, y grita haciendo bocina con las manos. El viento y el ruido de las aspas pulverizan las palabras y los nombres, se rompieron los senderos en el aire, y lo que me llegan son quejas, chillidos, gritos deshilachados.

Él, que parecía desaparecido, engullido por la Ola, emerge, se aúpa, trepa por las rocas, los pies son manos y las manos son garras. Llega junto a ella. Posa las manos en la esfera del vientre. Pienso que debería pararse el mundo un instante. Las aves exasperadas del mar. El helicóptero. La sirena del coche policial. Debería haber, en la vida, la posibilidad del plano congelado.

Echan a correr por ese otro mar de hierba, que mece el viento de las aspas giratorias. Se dan la mano, se sueltan, se dan la mano. Caen, se levantan. Bajan por la vega de alisos que lleva a la playa de las Lapas.

Desaparecen.

No solo desaparecen de mi vista. Me doy cuenta de que desaparecen para todos, por esas vueltas de estupor, de desconcierto, que está dando el helicóptero de Salvamento. Parece que las últimas pasadas, antes de volver a la base, de vacío, son las que dan en torno a mí, con ese vuelo enojado y escrutador de los paleópteros cuando la misión, la que sea, no tiene éxito.

Estuvo a punto de llevárselos el mar y ahora se los había tragado la tierra.

El primer guardia que bajó del coche policial me vio inquieto e intentó tranquilizarme.

No se preocupe por ellos. Son como medusas. Transparentes. Pero cualquier día se llevan un disgusto, no del mar, sino desde tierra. No tienen papeles, y hay bravos con carné que pueden romperles los dientes de la risa.

Se acercó el sargento, me saludó y no con mala cara: Así que usted es Fontana, ¡el librero de Terranova!

Por lo menos él no había leído el letrero de Liquidación Final.

No dejaba de mirarme, con curiosidad: El de la desaparición del río Monelos, ese fue un texto antológico.

Fue una denuncia, dije.

Sí, conservo una copia. Guardo copia de todas sus denuncias. La desaparición de la playa del

Parrote, la expulsión de los estorninos del cielo de la ciudad, el desalojo de las embarcaciones tradicionales de la Dársena, el abandono de las casas del *art nouveau*, el estado ruinoso de la antigua prisión... Tiene usted razón, la vieja cárcel podría haber sido un gran taller cultural. Sí, señor. Son piezas históricas. Me refiero a sus denuncias. La otra memoria de la ciudad. ¡Lo que se aprende con ellas! Me da una gran alegría cada vez que presenta una denuncia.

Le agradezco mucho su interés estilístico, sargento. Pero alguna vez deberían abrir diligencias.

Por supuesto, siguen su curso, dijo él señalando algún punto en las alturas.

Hablando de diligencias, intervino el cabo, va a tener que pagar los gastos.

Tenía pinta de ser el más veterano, de pelo canoso, y su tono de mando no solo parecía apuntar a mí y a todo el orbe, sino también a su superior.

¿Qué gastos?, pregunté.

¿Qué gastos? Los derivados de la operación. ¿Usted sabe cuánto cuesta mover un helicóptero?

Sí, pero fue una llamada humanitaria. Estaban ahogándose. Dos personas, una de ellas, una chica embarazada.

Pues vaya escribiendo esa novela para cuando se le presenten los de la delegación del Gobierno con la factura.

Eran dos personas en peligro, insistí mirando al sargento.

Por supuesto, Fontana. Usted cumplió con el deber ciudadano, pero se dan estas paradojas en que los reglamentos legales suelen tener dos caras, una humana y otra... menos humana.

¡Yo llamé a la cara humana!

No se culpabilice, dijo el sargento.

El cabo anotaba la matrícula de la moto abandonada por los dos fugitivos, una máquina vieja con llagas, enlodada y abatida. Al acabar, miró hacia las rocas. El mar se embravecía. Se acercaba el temporal.

Ahora que no está el sargento delante, dijo, debo reconocer que a mí también me gustan mucho sus denuncias. Y siento lo de los estorninos. Yo no quise hacer de hombre-cañón para ahuyentarlos. Aunque discrepo en el asunto del río desaparecido. Era un riachuelo. Una mierda de río.

Corot, Corot, dije nervioso, Corot pintó arroyos así, y son obras de arte.

Chascó la lengua y dijo:

Pues no tendría otra cosa que pintar.

Eché a andar, pero mi desasosiego no se dio por vencido. El recuerdo se apoyaba en las muletas. De vez en cuando me adentraba en un aparcamiento subterráneo donde, en una esquina, podía oír a través del muro de hormigón el ronco canto del raudal encajonado.

Me volví hacia el cabo y le increpé apuntándole con la bengala canadiense:

¡Eh, usted! Usted no sabe lo que es el rumor de un río desaparecido.

Viana y Zas

Será una operación muy rápida.

Paran la moto delante del bar restaurante. Él permanece montado, sujeta el manillar, con el motor encendido. La máquina antigua, ruidosa y humeante, que parece resistir por un rencoroso amor propio. Mira a su alrededor, en un movimiento giratorio de inspección que se diría regulado por el casco, un gran yelmo negro, con el diseño de un relámpago centelleante en la calota y pantalla transparente, una magnífica cabeza cosmonáutica con un cuerpo anfibio, ya que, por lo demás, sigue vestido de neopreno, como cuando saltó de la Línea del Horizonte, una presencia mítica, el guerrero furtivo, un cuerpo que está proclamando *De mi lanza depende el pan que como,* y que contrasta con la destartalada montura mecánica y el carraspeo tísico del motor al ralentí. Alguien se asoma a la puerta del establecimiento, el dueño, lo sé, el único que viste de camarero, que mira a los laterales de la calle, se pasa la mano por la cara y vuelve al interior del local. El motorista hace un gesto de asentimiento y ella, la chica que va de paquete, desciende, ágil, sí, pero con una ligereza pesada. Un embarazo asombroso. Hace unas horas, corría por el prado como una gacela, incluso por delante del macho. Pero ahora el bulto está en su cuerpo. Es un embarazo de gigante en un cuerpo menudo y flaco. En su caso, el casco es más bien cómico, metal con orejeras de trapo, con las hebillas sueltas. Lleva un vestido holgado, y tiene el andar de una mujer descalza a la que le hubiesen salido chancletas en los pies. La mochila con la que carga no es pequeña e inclina la espalda para ajustar el peso. Como era previsible, se dirige hacia la puerta del restaurante Gambernia, pero de repente se gira, enciende un pitillo y expulsa una bocanada volcánica. Atención, camina resuelta hacia mí, es evidente, pero solo me mira, y lo hace de hito en hito, cuando ya la tengo de frente con ojos de brasa, tal vez el humo ni siquiera es del pitillo, ya lo traía puesto, pero qué más da, porque me dice:

Hemos tenido que soltar toda la guita para que nos devolvieran la Ducati.

Y dispara, sin demora, la frase principal:

¡Fue culpa tuya, cabrón!

Sí, en algunas circunstancias, el tartamudeo es mi lengua más propia, así que tardo en arrancar. Ella ya había abierto la mochila y me la acercó de golpe para que oliese el aroma más animal del mar.

También hemos perdido los percebes. ¡Por tu culpa! Deberías abrir una Oficina del Gafe. Tú eres de los que se tiran al vacío y está lleno.

Me interesó esa imagen. El vacío lleno y el lleno vacío. Tenía una voz dura, algo ronca, pero no desagradable. Sentí el latigazo de la culpa en la pierna y apreté las muletas. Cómo duelen las palabras. No existía en mi cuerpo, y ella acababa de pegarme una como una pústula. Jamás habría pensado que pudiera ser un imán para la mala suerte. Qué diablos. Yo era el perjudicado por lo que acababa de pasar en el Faro. Otra cruz en mi expediente de prescindible. En revancha, la ilustraría en el arte de la caída. Le contaría la historia más triste. Más triste incluso que la del cuento del conejito de Pedro Oom, el conejito huérfano convencido de que su madre era una hermosa berza y, cuando llegó la hambruna causada por las langostas, se la fue comiendo despacito, despacito. Yo metido en el Pulmón de Acero, y mi tío Eliseo, el camarada abyecto de Pedro Oom, haciéndome llorar. A mí, a los otros argonautas de la polio, a las tres niñas jorobadas, a las enfermeras, a todo el pabellón del Sanatorio. Qué creíble era Eliseo incluso haciendo de madre berza. Lo que la hermosa berza decía al conejito: Así como tú viviste durante algún tiempo en mi seno, pasaré yo ahora a vivir dentro del tuyo. La haría llorar con mi cuento abyecto hasta que no quedase ni una lágrima en la historia del llanto.

Pero no dije nada. No contaría nada. La palabra del muerto. Antes que dar lástima, me comería las encías. Se dice que los libros no cambian el mundo. No estoy de acuerdo. A mí, por ejemplo, me están dando una buena paliza. Pero, eso sí, se lo perdono todo por un lote de ejemplares. ¿Cuántos entrarían en el baúl de los emigrantes de *Vidas secas,* esa familia famélica del *sertão* forzada a comerse el loro porque es lo único que tienen? Y lo comen porque no hablaba, esa es la excusa para poder digerirlo. ¿Y por qué no hablaba el loro? Porque ellos, padres e hijos, tampoco hablaban para no gastar hambre. No obstante, el loro algo hablaba: imitaba a la perra Baleia. ¿Por qué no se comieron a Baleia? Aparte de ser un saco de huesos, tenía nombre. No se come un animal que tiene nombre. Uno de los libros que metería en el baúl de nómada sería el *Reportaje al pie del patíbulo* de Julius Fučík. Ese sí que me cambió la vida, la propia forma de andar: Que la tristeza no sea nunca asociada a tu nombre.

Maldición, ¿por qué habré escrito ese letrero? *Liquidación final* en Terranova. De pronto, el campeón de la tristeza. El culo que se posa justo en la aguja del pajar.

Así me siento desde hace un tiempo, desde que llegó el ultimátum. Un eccehomo desahuciado, cuya única posesión son sus muletas. Y encima este desenclavo. Una chica furtiva embarazada, de mirada encendida, a la que quise ayudar, que me está fulminando con los ojos y usa la lengua como la punta de una navaja.

Miré al cielo. De Santos y Difuntos. Cuando la gente llenaba los cementerios, para mí era el gran día en que volvían los estorninos. Recuerdo a Amaro en la terraza: Mirad, ¡vienen desde Stonehenge! Y sonreía, fascinado. La gran bandada dibujando en el cielo una ficción protectora. ¿Sabes lo que están haciendo? Para nosotros es una maravilla, pero están simulando un gran pájaro monstruoso para alejar a los depredadores. Miles de años representando esa obra en el crepúsculo. Las composiciones de los estorninos en el cielo de la bahía. Con la migración, adelantábamos el cierre de Terranova solo para ver esa danza. Nosotros y cuantos quisieran. Atención, ahora cuatrocientos estorninos van a dibujar un águila como una trama de puntos benday en el cómic celeste. ¡Bravo, bravísimo! Pero en este crepúsculo no se ve nada. ¿Dónde está el Hombre de las Estrellas? *There's a starman waiting in the sky, lulla, lulla, lullaby!* Un cielo enlutado, eso sí, con procesión de nubarrones. Es increíble cómo la naturaleza atiende el santoral.

Me espabiló ella, castañeteando los dedos.

¿Y qué has encontrado, aire de arriba? ¡Estabas canturreando!

Ahora me sonreía.

Perdimos los percebes, pero después de huir fuimos por esto. Sé que te gustan. Tú eres un Erizo.

¿Qué sabe? ¿Por qué lo sabe? No, no puede saber que yo escribí letras para Los Erizos. Tal vez ni hubiese nacido por entonces. Es algo que activa las intermitencias de mi corazón. Los erizos de mar. Eliseo contaba que había visto la más alegre interjección, una alegría textual, en el joven camarero que había colocado un aviso en un escaparate de París: *Les oursins sont arrivés!* Esa sensación de poder leer al señor Proust con cierta ironía de erizo mirando entre las púas, avanzando con la linterna de Aristóteles hacia la atónita magdalena.

Aspiré memoria. Un puñado de mar para la memoria profunda. Hubo un tiempo en que soñabas con respirar, ¿recuerdas? Ese podría ser un buen letrero para Terranova: *¡Han llegado los erizos!*

No tengo dinero, dije. Yo ando como el rey. Ni un duro en el bolsillo.

Se echó a reír. Vaya, pensé, la noche es día. Así que todo era teatro.

En realidad, nos das suerte, dijo. ¡Siempre! Miro desde las rocas, rodeada de espuma, y al verte ahí, en lo alto del acantilado, con las muletas, me siento segura. Ahí está nuestro ángel cojo.

Yo soy el viejo Poseidón, nena, o Lear, como quieras, el loco tullido que sujeta el mar. Quería llamar a Salvamento. Pero, como siempre, me hice un lío con el cacharro móvil. Marqué uno al azar. El 092. Y en el azar estaba la policía. Yo con el azar siempre tengo premio. Creí que estabais en peligro. Que os ibais a ahogar.

Sí, era muy rápida. En el moverse, en el hablar, en el pestañeo. Incluso la piel daba una sensación animada, con las distintas capas de tatuaje en los brazos. Los colores de las edades. Letras, anagramas, motivos tribales más o menos desvaídos entre vegetación trepadora. Aún se podían distinguir pinturas rupestres como la lengua de los Rolling Stones y el gato negro de Los Suaves. Y un caballo con alas. No un Pegaso, sino un diseño más bien infantil, tal vez un abraxan de la saga de Harry Potter. Vendimos muchos de esos. Era la época de la burbuja inmobiliaria: traían los best-sellers en palés. Lo recuerdo bien porque fue la última vez que entró la chiquillería en Terranova. Tantos niños que a Lezama, a Antígona y al Capitán Nemo, los gatos noctámbulos de la casa, no les quedó más remedio que despertar de día, convertidos en estrellas de culto, y la perra Baleia paró de roer durante un rato su saudade, contenta de dejar ese hueso. En Terranova los animales tienen algo de portadores de las ausencias. Y donde están bien los animales, está bien la gente.

No, la gente no se merece el letrero. Con la crisis y el reclamo de los grandes centros comerciales, marchan los rostros pálidos, pero siempre quedan pieles rojas. Y luego está la salvaje compañía. La sorprendente zarza que prendió en una grieta de la pared lateral, a la altura de dos pisos, y trepó por el canalón hasta entrar por el tragaluz de la buhardilla. Le fue fácil espiar y entrar, por esa pasión prensil de las zarzas y también porque el vidrio del ventanuco estaba roto. En realidad, llevaba años así, porque cuando el cristalero iba a poner un nuevo cristal, Eliseo lo detuvo. Que aquel vidrio estuviera roto no era una casualidad. Había en el accidente una intención expresiva. Podía percibirse o no, pero era un signo. Una obra de vanguardia pobre. Un homenaje a *El vidrio roto,* un cuento sobre la emigración a América de Emilia Pardo Bazán. Ahí coincidían los tres, Amaro, Comba y Eliseo. Era el mejor en ese asunto. Con la breve historia de un ventanuco con el vidrio roto se contaba una epopeya, y a la vez el enigma intransferible del bicho humano. Ese emigrante que vuelve rico con una única nostalgia obsesiva, la de dormir donde dormía, al lado del ventanuco quebrado, el frío ensortijándole los sueños, el ulular del viento en su cabeza. Y tras la zarza, que procuré guiar a modo de emparrado, vinieron los petirrojos. Primero la hembra, la que hace el nido. Espero a los estorninos con impaciencia. Si no es bandada, que sean media docena. Debería hacer agujeros y huecos en las esferas que aún quedan del origen de Terranova. Un vivero universal. En la Penumbra hay un retén de murciélagos que protegen de la polilla los libros más apetecibles. Según Eliseo, proceden de la Escuela de Murciélagos de la biblioteca Joanina de Coímbra. El último descubrimiento fue un sapo, justo en el rincón donde todavía se conservan amontonados en una mustia constelación los mundos, las carracas y los molinos de viento, algún juguete estropeado y figuritas maltrechas del belén, con pastores mutilados, mujeres que perdieron el cántaro y animales con el estupor del abandonado. ¿Curros Enríquez?, pensé al ver el sapo. ¿Neruda? ¡Ah, ya sé! ¿Francis Jammes, el gran solitario? Qué devoción le tenía mi padre, decía: El único que hizo un manifiesto, el del jammismo, rechazando prosélitos. Hay un libro suyo en la Cámara Estenopeica, *Del toque del alba al toque de oración,* la traducción de Díez Canedo, en 1920... Justo al lado del *Barco sin luces,* de Luís Pimentel. Los dos para mi ajuar, para el baúl del emigrante. ¿No serás Pimentel? No, soy Teixeira. Teixeira de Pascoaes. Hombre, Teixeira, cuánto lo quería mi tío. Era adoración. Siempre empeñado en ir a Amarante, y subir a la Serra do Marão. Contaba que estando en el café Gelo, en Lisboa, entre surrealistas, Mário Cesariny proclamó: Pascoaes es el gran poeta, no tengo nada contra Pessoa, pero en mi opinión Pascoaes es el viejo de la montaña, lo mágico. Y hubo un campesino que dijo de usted el mayor elogio que se puede decir de un escritor: ¿Quién es aquel hombre que echa fuego por la cabeza? Es una suerte tener un sapo así en casa. Un sapo vive cien años. ¡Nada de Liquidación Final! Buscaré por ahí sus poemas de *Saudade,* tiene que andar en la Penumbra. Beberemos unos tragos de saudade: *a velha lembrança gerando novo desejo.* La memoria alumbrando el deseo. Ese debería ser el letrero. Encargárselo a Helena, en la imprenta Ferman, para que lo haga en la minerva, la rotoplana y manivela, en tipo de familia romana antigua, con esa desigualdad futurista en el friso de las aspas. Firma: Teixeira de Pascoaes, con letras recortadas estilo Sex Pistols.

Sí, volviendo al caballo alado, leí aquella saga. Y los best-sellers también los leo, más o menos, depende. Me gusta saber lo que vendo. Si es grano o paja. Cecilio, el periodista, otro que lleva una larga temporada sin aparecer por Terranova, me decía que en los últimos tiempos se dedicaba a separar el grano de la paja. Para publicar la paja. Había venido a recoger un pedido, *Los últimos días de la humanidad,* de Karl Kraus. Me llamó al día siguiente por teléfono. Siempre hacía, para mí, la broma de la llamada fatídica que atormentó durante años a mi padre: ¡Vives de permiso, Fontana!

Pero esta vez estaba sin munición, desencantado, hundido. Escucha a Kraus, Fontana: Dar un paso adelante, y callar.

No apagues la luz, Cecilio. Que se joda la compañía eléctrica.

Esta vez el teléfono olía a quemado de verdad.

¡Maldito periodismo! Es peor que la bicha de coca, joder. Eso de que los cínicos no sirven para este oficio. ¡Qué fracaso, Kapuściński! Quiso hacer una puta ironía y todo el personal lo tomó en serio. El oficio más hermoso del mundo. ¡Otro vacilón, García Márquez! Quedaría macanudo como grafiti provocador en la Facultad de Periodismo. ¿Sabes lo primero que le conviene aprender hoy a un periodista? A meterse un dedo en el culo. Y a ser un campeón del cinismo.

Escribe todo eso, Cecilio. ¡Mañana te leo!

Que te joda un pez espada. Y colgó.

Sí que llevo tiempo sin saber de él.

Ella sigue ahí, qué suerte. El pelo morocho y los ojos clarísimos. Creo que bizquea un poco. Un ojo hacia dentro.

¿Estás bien?, preguntó.

Sí. A veces se me va la cabeza.

Tendrías que mirártelo. A lo mejor tienes el casco averiado.

No, no es avería, afirmé demasiado convencido. Son distracciones. ¿Tú te acuerdas de cuando había bandadas de estorninos en el cielo de la bahía?

Miró hacia arriba. No encontró el recuerdo. Se encogió de hombros.

No, sí, puede ser.

Si los hubieras visto, le dije, no lo olvidarías nunca.

Yo cuido gatos en el Dique. Les llevo de comer. Dicen que van a exterminarlos.

Miré su gato negro tatuado.

¿Te gusta?, preguntó.

Sí. Pero el del caballo alado, no sé, prefiero los caballos sin alas.

Las alas son para tapar un nombre que tenía tatuado, dijo. En voz baja y ronca, como una confidencia.

Escucha, le dije, debéis tener mucho cuidado. El mar es peligroso incluso cuando duerme. Le gusta comerse a los más valientes.

Se acercó un poco más, como si estuviese husmeando, reconociendo. No me tocaba. Me daba la sensación de que me rozaban las vibrisas del gato tatuado.

Nosotros siempre estamos en peligro, me musitó casi al oído. Y luego, más alto, más alegre: Deberíamos tener un helicóptero de Salvamento todo el día encima de la cabeza.

El joven gritó desde la moto:

¡Deja al viejo en paz, Viana!

Ella le hizo con la mano un gesto de tú-estate-ahí-y-cierra-el-pico.

Me dijo:

Él no está estructurado para morir.

¿Quién?

Él, Zas, mi chorbo.

Noté un dolor que trepaba con dificultades por el muro de la Memoria Profunda. Yo conocía esa frase. Me sonaba el diagnóstico.

¿Cómo sabes que es inmortal?, le pregunté.

Inmortal, no sé. Lo que dijo el doctor fue eso: Él no está estructurado para morir.

¡Vaya, debería ir yo a visitar a ese médico! ¿Qué doctor, si se puede saber?

El de la prisión. El que te mira la cabeza. Estuvo en la cárcel hasta hace poco. Allí fue, vis a vis, donde apareció esta.

Se llevó la mano al vientre y golpeó con los nudillos, como quien despierta y despabila a un colega furtivo.

Falta nos hace que no esté estructurado, dijo con desenvoltura. ¡Pronto le tocará ir a las batallas!

¿A las batallas?

Ahora sí. Ahora apura el paso. Corretea. Entra en Gambernia. Desaparece en una oscuridad con destellos televisivos. El guerrero de la Ducati se mantiene erguido e impasible. Al acecho. El relámpago en el casco.

También para mí es hora de ir a la batalla.

Ahora yo me escondo
Madrid, otoño de 1975

Hoy es el lugar más seguro de Madrid para estar vivos.

Nos habíamos quedado dormidos, sin desvestir, sobre la moqueta verde y raída, tan resistente en su decrepitud que parecía un suelo de tundra, briznas de hierba, musgo y liquen, de la escenografía de un teatro abandonado en el que solo quedaban, a modo de telón contra el mundo exterior, unas cortinas que se negaban a abrirse, de color negro, recias y pesadas, y que parecían sostenerse por el odio a la luz. Solo permitían, por la mañana, a ras de suelo, en el perímetro de las ventanas, una limosna luminosa.

Estábamos en un piso de la calle Manuel Silvela, en Madrid. Era el amanecer del 22 de noviembre de 1975.

Me levanté, anduve en pinceladas bruscas, en busca de mi cuerpo, fui al baño y lo primero que hice fue tomar un Despertador. Otro. No quería que ella me viera con las anfetas. Ni Despertador, ni Rayo, ni Dexis, ni nada. Iba a alimentarme de aire, agua y luz. Iba a ser un pez y un pájaro. Iba a ser anfibio. Pero ese día necesitaba un Despertador. Otro. Y me iba a hacer falta un Rayo, o dos.

El día anterior estuvieron aquí, en el baño, revelando fotos ella y un amigo suyo. Aún se podían ver los cacharros, la ampliadora, las cubetas, la bombilla envuelta en papel rojo. Un periodista argentino, me dijo, que tenía que enviar ese trabajo con urgencia y no podía hacerlo en el lugar donde se hospedaba, una pensión de la calle del Pez. Dije que sí, ¿por qué no? Mis compañeros de piso, todos estudiantes, ya se habían ido de Madrid. Y yo mismo quería irme al día siguiente en el Atlántico Expreso. Ese era mi plan.

Pensaba marchar antes, como el resto. Largarme sin pedir pan para el camino. Si no lo hice, esa es la verdad, fue porque apareció ella. Había aparecido, desaparecido y vuelto a aparecer.

Mañana es el entierro de Franco.

Debería preparar algo de desayuno, pero hacía tiempo que no pisaba la cocina. Era el sitio más malhumorado de la casa, con las grandes alacenas y chineros ocupados por un vacío resentido que te hacía sentir culpable como un heraldo del hambre. En el baño principal se respiraba una añoranza de balneario rico que huía pálida y desnuda nada más abrir los grifos, aquel crujir asmático de las viejas cañerías. Por lo demás, el antiguo piso señorial parecía predispuesto a una segunda vida bohemia. Los muebles y los cuadros ausentes habían dejado las marcas del vacío, manchas descoloridas de perfección geométrica que después de tanto tiempo parecían hechas adrede, con una voluntad estética que se llevaba bien con los carteles y con el arte pobre de los somieres y los estantes que fuimos acarreando los nuevos inquilinos. Habíamos caído allí por un contacto de Manuel de Inés, uno de los colegas de piso. El resto del edificio seguía habitado por familias de abolengo. No nos cruzábamos, no nos veíamos. En nuestro primer piso había una escalera y una puerta para el servicio, que eran las que solíamos utilizar en vez del ascensor. Éramos hijos de la noche, de otro planeta. Como cantaba David Bowie, el Duque Blanco, mi otro yo, nuestro hogar era el Gnomar, el país de los gnomos.

Pero no es el sitio más seguro de Madrid, dijo Estela. Porque en aquel entonces Garúa se llamaba Estela. Y cuando apareció en mi vida, ¡en mi vida!, su nombre era Beatriz. El amigo que vino a revelar las fotos la llamó Mika. Perdón, Tana. Y se despidió: ¡Chau, Chinita!

Yo estaba en el café Comercial, de Duque Blanco, leyendo *El cazador oculto,* de Salinger, un contrabando de Terranova. Allí estaba yo, un ojo leyendo y otro observando las almas que entraban en la luz desde la hora del crepúsculo. Ella se dirigía a la planta alta, ya había subido unos peldaños cuando se giró de repente y vino hacia mí. No se echó en brazos del Duque Blanco, ni admiró su cabeza con el mechón verde, ni los labios pintados ni el maquillaje de los ojos. Solo se quedó mirando el libro. Aquella forma de mirar. Los ojos rasgados que se rasgan más al escrutar, pues no creen lo que ven, y la cubierta le devuelve la atención, pues es un ojo con el iris a modo de diana. ¡Es un Libro del Mirasol! Dejame ver, dijo, y me lo arrancó de las manos. Sí, de la Compañía General Fabril Editora de Buenos Aires. ¿Vos sos...? No, no soy argentino. Nunca estuve allá. Lo encontré en una librería. Podría decir en mi librería. La Terranova. Es como un puerto de mar. Pero no, al Duque Blanco le gusta el enigma.

Mi padre trabajó en la Fabril Editora, dijo ella. Era tipógrafo. Tocó las letras con los dedos de tal forma que yo sentí que le pertenecían; no es que lo pensase, lo sentí. ¡Los Libros del Mirasol! Editaron a Calvino, Brecht, Miller, Dylan Thomas, Alberti, Pasolini, las dos Marguerites, la Duras y la Yourcenar... Y las cubiertas eran de Cotta, obras de arte.

Puedes quedártelo, si quieres.

Por fin se fijó en el Duque Blanco. En mi cubierta. En mi cara.

Estaba emocionada, pero también confusa. Antes de que dijese nada, añadí con indolencia: Tengo muchos de esos, muchos Libros del Mirasol.

Pero ¿vos quién sos?

Un contrabandista.

Estuvo en casa. Tocó los Libros del Mirasol. ¡También tenés la colección Los Poetas! Sí, la que dirigió Pellegrini en mil novecientos sesenta y uno, la mejor del siglo, dije en tono contrabandista. Estuvo leyendo los poemas de Georg Trakl y se levantó con la huella que deja en los ojos una transfusión de abismo. Sin decir nada, se fue a la sala, se tiró en el suelo y se puso a rodar por la tundra. Despacio al principio, pero después de una forma desbocada hasta tropezar con la pared. Esperé en la habitación, incapaz de desenclavarme. Escuché los sollozos. Al cabo de un rato entró con una sonrisa dolorida, pero era una sonrisa.

Mejor pongo algo de música, dijo.

Empezó a revolver en la pila de vinilos.

David Bowie, Bowie, Bowie, Alice Cooper, Cooper... ¿Hay algo tuyo?

Por ahora, solo un single. El grupo se llama Los Erizos. Cara A: *Tumbadiós.* Cara B: *Epopoi popoi popoi.* El tumbadiós es una bebida, una mezcla infernal.

Ah.

Puso las dos. Volvió a poner *Epopoi.*

Me gusta más *Epopoi,* dijo.

Sí, a todo el mundo le gusta más *Epopoi,* dije burlón. ¡Popoi, popoi!

Aquelarre, Invisible, Sui Generis, Spinetta... Iba pasando los álbumes, pero jugando a cambiar los nombres por otros para mí desconocidos. Deberías hacer también contrabando de discos, dijo. Se había divertido con lo que le conté de Terranova y los libros en las maletas y baúles de emigrantes. Podrías crear un nuevo sello, Anfibia. Sí, repitió, Anfibia. *Anfibia* estaría bien, dije, para una canción de *amour fou.* Un amor mágico, pero no sentimental. Como Dita Parlo en *L'Atalante,* ¡es un amor anfibio! Me dedicó una mirada burlona y volvió a sumergirse en su río: ¿Y la *Balada para un loco?* ¡Muchas maletas llenas con la *Balada para un loco,* de Goyeneche! Vos sos letrista, ¿no? Querés serlo. Te ayudaría mucho. Y el tango, el peligroso tango, las letras de Discépolo y de Horacio Ferrer. El *Acquaforte* de Marambio. ¿Sabés que Mussolini lo prohibió en Italia? Decía que era un tango anarquista. *Es medianoche, el cabaret despierta...* Miraba con interés Frank Zappa y The Mothers of Invention, uno de mis tesoros, *Weasels Ripped My Flesh,* la cubierta del tipo rasurándose con una comadreja a modo de máquina de afeitar. Colocó en el plato *Stairway to Heaven.* Se sentó en la cama con la funda del disco, el *Led Zeppelin IV.* Miraba el cuadro del hombre con el hato de leña a cuestas, colgado en una pared con desconchados de papel pintado. Canturreaba, se sabía la letra.

¿No tenés a Mercedes Sosa? Me gustaría oír algo de la Negra.

Me reí y ella, con fastidio disimulado, dijo: ¿De qué te reís?

No me gusta el folk. Quiero decir, no me gusta todo eso del folk, no el folk, sino todo eso del folk.

Ahora era ella la que se reía abiertamente: ¡Che, qué pronto se presentó la desinteligencia!

Quiero decir, quise decir, lo que quería decir, no me gusta el estilo cantautor, profesional de la canción protesta, esos prolegómenos en tono de sermón, etcétera, etcétera. Eso era lo que quería decir. Me di cuenta a tiempo de que la estaba puteando. ¿Por qué intentaba provocarla? Yo tenía ese punto muy desarrollado. El de picar a quien me atraía. Y lo que estaba soltando ahora era justamente una de esas matracas que a mí también me fastidiaban. Oía eso y tenía que reprimir el grito: ¡Viva Verdi! Eso precisamente fue lo que hizo el Príncipe Galín en un concierto prohibido en Santiago. Suspendido por orden gubernativa cuando la sala ya estaba llena. Una forma de provocar, cuyo resultado era siempre la misma concatenación de secuencias. Consignas en el público de ¡Abajo la Dictadura!, o la variante cómica ¡Abajo la Dentadura!, que enfurecía todavía más a la autoridad. Carga policial. Desbandada. Golpes, porrazos y una batahola de cuerpos y consignas destrozadas y tumefactas por el suelo. Humillación. Pero aquel día el Príncipe Galín detuvo durante un momento aquella maquinaria pesada. Era un libertario que había estado exiliado en París y que defendía en Santiago, con cierto éxito en la praxis, un modo de vida y resistencia estudiantil históricamente denominado «Ocio Fecundo», en el que yo mismo había militado antes del suceso, aquella milagrosa ascensión al tejado de la catedral que dio lugar a mi éxodo de la Ciudad de Dios. Pues bien, el Príncipe Galín, con cualidades de sochantre, quince puntos de voz perceptibles y apreciables, tuvo el lúcido arranque cuando el delegado gubernativo anunció la suspensión del concierto. Gritó: ¡Viva Verdi! Y fue emocionante cómo se fue elevando en aquella atmósfera pétrea el coro de los esclavos de *Nabucco,* de qué forma alzaba el vuelo el *Va, pensiero, sull'ali dorate,* esa sensación de que el aire tiene espíritu, y la gente cantando espontánea eso que está en el aire, una voluntad de estilo confundiéndose con la protesta y siendo la misma cosa que interpela: *Arpa d'or dei fatidici vati, perché muta dal salice pendi?* Debería decirle: Tienes razón. ¡Viva Verdi! ¿Qué hace el arpa colgando muda del sauce?

Ella revolvía en los discos con dedos instintivos mientras canturreaba algo que, ahora lo sé, era uno de los sones de la Línea del Horizonte.

Cuando estoy triste
elijo mi cajita de música
no lo hago para nadie
solo porque me gusta.

Los dedos rebuscaban con ritmo. Era el primer álbum de Dylan. Encontró algo de lo que quería. Lo agitó ante mis narices hasta que nació viento.

Dylan es Dylan. ¡No es folk!

Song to Woody. ¡Woody Guthrie!, exclamó.

Woody hacía sus canciones en el techo de los vagones del ferrocarril, dije en tono radiofónico. Había un mensaje escrito en su guitarra: *This Machine Kills Fascists*. El suyo fue un duro viaje. Eso no es exactamente folk.

Etcétera, etcétera.

Estaba pillado. Podía confesarle que cuando escuchaba a Mercedes Sosa cantar el poema *A mi hermano Miguel* de César Vallejo, *Ahora yo me escondo, como antes...*, me olvidaba de respirar, quería ponerme de rodillas, deseaba volver al Pulmón de Acero. *Y espero que tú no des conmigo.* Pero soy de los que mantienen la chingada. ¿Qué es lo que mata mi máquina? *My Machine Kills Happy Times.*

¡Sos un boludo!

Nunca me había sonado tan íntima esa palabra. Dio una vuelta en torno a mí, la palabra, y me lanzó un cross a la mandíbula. Me gustó el tono. Me gustó el acento. Me gustó el cross. Me gustó todo.

Puso otra vez a Nico.

I'll Be Your Mirror.

Salió del cuarto, dejó la puerta entreabierta, y en la sala, vacía y oscura, entró con la música una esquina de luz que cambió el espacio, y el suelo de moqueta raída daba ahora una sensación de parque pobre, suburbial, hierba machacada con cicatrices y calvas sedientas.

Ella se tumbó allí vestida, en aquella intemperie. La música también empujaba la luz, turbia y lentamente. Podía ver el parpadeo de sus ojos.

Yo seré tu espejo.

Me eché a su lado, las manos cruzadas bajo la nuca, haciendo de almohada.

¿Cómo sería el cielo que ella estaba mirando?

Conocía la canción, la había destripado. Era un letrista cada vez más inseguro en su oficio, dudoso de su talento.

Deja que me quede para mostrarte que estás ciego.

¿Cómo respiran los espejos cuando duermen?

Fui a buscar una manta para abrigar al espejo. Hacía ya algunos días que había cambiado el tiempo. Hacía frío en Madrid.

Nos vimos varios días seguidos, pero siempre fuera del Gnomar. En la Filmoteca, para ver *L'Atalante*. En la exposición *Surrealismo en España*, en la galería Multitud, ojos alucinados ante el refulgir de lo soterrado, alguien que murmura: También nos escamotearon el subconsciente. Incluso trabajamos juntos unos días, haciendo encuestas para una empresa de electrodomésticos. La gente recibía bien al Duque Blanco Cojo y a la Chica Argentina. Íbamos a comer a Casa Domingo, detrás de la plaza de España, un tugurio en los fondos traseros del rascacielos más grande de Madrid. El camarero era un menor portugués, un chaval que hablaba como un abuelo y que nos trataba siempre con una alegría noble, como a dos artistas de gira. Ella desapareció de repente y allí nos encontramos otra vez, a mediados de noviembre. Se había cortado el pelo. Estaba más delgada y me pareció que le había cambiado la voz, también el silencio, y que el peso perdido por el cuerpo lo arrastraban las palabras.

Hoy el lugar más seguro de Madrid es la capilla ardiente, dijo ella.

El amigo, Tero, el Negro Tero, así se presentó, iba a volver para revelar más material fotográfico. Con un colega y con mejor equipo. Madrid era el centro de atención informativa. Tenía un trabajo macanudo entre manos. Una gran exclusiva. No me podía decir más.

Yo tampoco quise hacer más preguntas. Me dejé llevar. Pero, eso sí, con una condición.

Yo no voy a ver a la momia, dije. Leí en el periódico que ha habido muchos infartos, y si a los franquistas les dan ataques al corazón, imagínate a mí.

No, no nos meteremos allí, loco. En el día vamos a estar en la calle, en la procesión, como una pareja más en el duelo. Pero olvidate del Duque Blanco. Ponete un abrigo.

Me ayudó el Rayo. Otro.

Habíamos quedado en hablar poco. Ver y escuchar, pero también evitar ser vistos como emboscados en aquella espesura fúnebre, turistas morbosos visitando el fiambre del tirano. Corresponder de vez en cuando a algún gesto de simpatía. Poner cara de duelo. Era una representación. Teníamos que actuar. Castellana, Cibeles, Alcalá, Sol, Arenal... Hacía frío. Cada vez más arrimados el uno al otro. Las manos, los brazos, los hombros. Antes de llegar al Palacio de Oriente, nos desviamos hacia los jardines del Moro.

Allí, en el crepúsculo, hacia el oeste, estaba la Línea del Horizonte.

Dijo, alegre: Me gustaría ir por ella en bicicleta.

Y a mí detrás, con las alzas.

¡Chabón!

Y fue la primera vez que le situé Terranova. Está allí, en la Línea del Horizonte, con los tejados de nubes rojas. ¿Viste?

Cuando llegamos al piso de Manuel Silvela, huía bajo las cortinas la última limosna de luz. No había nadie. La gran exclusiva estaría en marcha.

Dejamos caer los abrigos.

Ella llevó la palma de la mano a mi frente. Estuvo así unos segundos. Y de pronto empujó con tanta fuerza que perdí el equilibrio y caí de espaldas. Se puso de rodillas. Me enseñó los dientes. De un brinco se abalanzó hacia mí, alzó las manos como garras. Y yo me arrastré hacia atrás, hasta tener espacio donde apoyarme. Intenté gruñir, pero me salió un sonido gutural, un quejido. Me reí, pero ella no. Avanzaba en zigzag, contorsionándose. Y yo hice el mismo camino. Éramos dos animales, qué bien. Musité un relincho. Las frentes tocándose, distanciándose. Volviendo, los cuellos restregándose. Mordiéndonos los cabellos, las orejas. Brincando uno por encima del otro. Huyendo uno del otro. Buscándonos, deslizándonos en la tundra, oliéndonos. Escupiéndonos. Lamiéndonos. Jadeando. Las manos en los latidos. Extenuados.

Tumbados boca arriba.

Llevame a Terranova, por favor.
Era más de lo que quería oír.
Y tuve miedo.

La fundación
Galicia, verano de 1935

Había una botella en el centro de la mesa. Mientras el padre navegaba por el futuro, Eliseo se veía dentro de la botella, tratando de flotar en el agua. Él quería que Eliseo fuese hombre de mar. Pero un hombre de mar Náutico. Era su manera de hablar, el estilo Ponte, una forma de precisión personal. Un marinero Náutico, no un siervo, siempre con la soga al cuello. Entre compañeros decían: Hay vivos, muertos y marineros.

Me fascinaba el relato de Eliseo. Lo veía de esa manera, metido en la botella, sacando la cabeza por encima del agua. Siempre era así. Lo que él contaba estaba sucediendo. Iba a suceder. Y ese día nacía el sueño de Terranova. La librería.

En Galicia habían suprimido los estudios náuticos en tiempos de la Dictadura de Primo de Rivera. Antón, que prefería faenar en barcos vascos, menos esclavitud, decía, había movido los hilos para buscarle acomodo a Eliseo en Bilbao, donde sí se mantenía una Escuela de Náutica. Y también quería que Comba estudiase. Lo que fuera, pero que estudiase. Eliseo callaba. Estaban rumiando, más que comiendo. Él ya estudiaba. Más que nadie. Se había propuesto leer todos los libros y las revistas literarias que pasaban por las manos de su maestro y amigo Amaro Fontana, Polytropos, y eran muchos, pues él ya era profesor de Latín y Griego en el Instituto y, lo más importante, un miembro de la llamada Generación de las Estrellas, un activo colaborador del Seminario de Estudios Gallegos, un grupo de jóvenes universitarios que abarcaban todos los campos, al modo de enciclopedistas de vanguardia. El Seminario de Estudios tenía su sede central en Fonseca, en la Universidad de Santiago, y trabajaba como una especie de red de investigación por toda Galicia. Amaro y Eliseo se habían vuelto inseparables. El maestro dirigía uno de esos equipos que operaban al estilo «arcoíris», iluminando en un mismo espacio la geografía, la biología, la lingüística, la musicología, la etnografía y la arqueología. Salían de recolecta todos los fines de semana y festivos. Todas las horas libres. El ocio era el trabajo.

¿Qué tengo que hacer para colaborar con vosotros?, había preguntado Eliseo.

¿Qué tal andas de vista?

Bien, respondió el joven, intrigado.

Pues lo único que tienes que traer es un suplemento de vista.

Amaro, en la Universidad, era ya conocido por su pasión por la *Odisea*. Le habían dado el título honorífico de «El hombre que más sabe de Ulises». No sin ironía, pues no disimulaba su saber. Como Ulises, tenía el vicio de hablar. Le gustaba más que el vino. Mientras los demás bebían, él disfrutaba narrando. Y Eliseo bebía de ese goce. A propósito del surrealismo, que había estallado como una bomba de polen en la atmósfera, Amaro Fontana les habló de una vanguardia promovida en

Brasil por Oswald de Andrade, el del *Manifiesto Antropófago*. Y contó que la fecha en la que se había firmado indicaba que era el trescientos setenta y cuatro aniversario de la deglución del obispo Sardinha por los indios tupís. La cosa había sido así, en el relato de Amaro: Iba el obispo en la proa de la primera nao, ya con el hisopo presto en la diestra, para aspersión evangelizadora y civilizadora de esa gente y tierra que todavía se nos esconden, mas el vigía tupí, escondido y todo, bien que lo vio a él, lo vio espléndido, y dijo: ¡Ahí viene nuestra comida saltando, toda contenta!

Eso es lo que echo de menos en vuestro obispo André Breton, le había dicho Amaro a Eliseo. Un poco de humor tupinambá.

El que más se rio con la historia del obispo Sardinha fue Henrique Lira, Atlas. Era un día de domingo, soleado. Habían estado trabajando, desde muy temprano, en una excavación arqueológica. Atlas no era universitario, como la mayoría, pero era conocido y apreciado en los círculos culturales del Seminario de Estudios. Según la vara de medir de Amaro, sus saberes iban mucho más allá de un suplemento de vista. Era vecino de Chor, donde también había nacido Fontana. Amigos desde la infancia, pero de muy distinta cuna. Amaro era de la Casa Grande, y Atlas de la casa azul, una construcción de piedra, bien cerrada, eso sí, con las ventanas y la puerta pintadas con el azul añil de las barcas. Trabajaba de cantero y aquel día todos pudieron comprobar el prodigio: era capaz de mover una roca empujando suavemente con las yemas de los dedos.

También fue quien encontró la Piedra del Rayo. El bifaz. El hacha paleolítica.

¿Y Comba? Comba dijo que le gustaría ser librera. Tener una librería como La Fe. ¿Una librería? ¿Y no prefieres un piano? Él hablaba así, en Cierto Punto, a su manera, pero siempre sabía lo que decía.

¿Qué es Cierto Punto?, le pregunté a Eliseo.

Es el lugar en el que hablamos los surrealistas, chaval. En Cierto Punto del Espíritu. El abuelo no era surrealista, pero hablaba en Cierto Punto.

Y continuó con lo que había sucedido aquel verano de 1935.

Él, Antón, insistía en lo del piano porque Comba, de niña, había venido muy impresionada de casa de una compañera de escuela, donde había un piano. Y mamá Nina se echó a reír. Ella era costurera. Y tenía una habilidad especial: en Carnavales hacía disfraces para niños y niñas. En el último Carnaval había logrado vestir a media docena de arlequines y colombinas para el Círculo de Artesanos.

¿Un piano? Tendría que disfrazar a toda la ciudad. Y ya sabes lo que se lleva aquí. Los hombres van de cabareteras, y las mujeres de gigolós. Mejor vas a canto, niña. Que ya lo llevas puesto.

Pero Antón tenía una bitácora en su magín y allí dejaba todo registrado. Por así decir, lanzaba las redes al mar con la esperanza de que en uno de los lances viniese un piano.

¿Una librería?

Aquella tarde fueron a ver La Fe, en la calle de Fermín Galán. Era la primera vez que Antón Ponte entraba en una librería. Y ya quiso ver todas. Quedó hechizado delante de la fachada de La Poesía. Buena madera, murmuró, buena madera. Para él no había arquitectura comparable a la naval. La nuestra, dijo entusiasmado, debería ser como un barco. Visitaron la de Lino Pérez, en la que también se exponía pintura. Enfrente estaba el establecimiento de instrumentos musicales de Canuto Berea, el primer Almacén de Música de Galicia, abierto en 1836. Era un bajo grande, con una espesa penumbra al fondo, pero no tanto como para ocultar la luz que emitía la madera del piano vertical, y allí se fue derecho el contramaestre de Terranova como quien acude a una cita largo tiempo aplazada. En el mar helado vivió el contagio del deseo de la niña. Los aparejos no traían un piano, pero había momentos en la rutina del trabajo en los que el toque de un dedo en un carámbano producía una minúscula nota, un sonido que reverberaba en Nueva Escocia y cambiaba la coloración del mar.

Antón lo miró con la secreta esperanza de que, por el simple hecho de mirarlo, el piano correspondiese, pero el dependiente se adelantó y tomó la palabra como si en efecto temiera una relación al margen. Aquel piano, como suele pasar con los instrumentos en las tiendas de música, parecía más un huésped que un objeto en venta.

Es un Collard & Collard, caballero. *The best!* Lo mejor de lo mejor.

Parece de buena madera.

Podríamos decir, sin exageración, inmune a los inarmónicos.

¿Qué madera es?

En esta clase de pianos, caballero, la máquina directa está por encima del nivel del teclado, lo que da mayor seguridad a quien ejecuta.

Se apoyó en la palabra *seguridad,* y eso le hacía parecer mayor de lo que seguramente era. Vestía un terno de paño cuya urdimbre de color recordaba la piedra, el liquen y el musgo. Ese fue un detalle en el que se fijaron Nina y Eliseo. Ella porque adoraba la textura de las telas y tenía que reprimir el tic de tocarlas. Y él, según me contó, llevaba ya tiempo pensando en un traje así, con paño de las Hébridas.

Se había atrevido a entrar en la sastrería Iglesias, en Rego de Auga, con la idea de preguntar cuánto costaría. El sastre le dijo que tenían que hablar antes de responder a esa cuestión. Y se sentaron. Además de un muestrario de telas con la forma de un libro textil, encima de la mesa de vidrio había un número de la revista *Alfar,* que tenía su sede allí cerca, en el Cantón, y donde Eliseo había leído el primer texto de Breton y había sentido que era un ventrílocuo que hablaba por él, que leía algo que ya estaba impreso en su memoria, y que podía murmurar antes de leer, como una credencial: Yo conozco la desesperación en sus grandes líneas, en sus grandes líneas la desesperación no tiene importancia. Sí, él tenía que traducirse a sí mismo esas cosas que llevaba en su cabeza, y escribirlas, y presentarse en *Alfar,* en el camarote del director Julio J. Casal, cónsul además de Uruguay, y entregar su ópera prima: Esta es mi *Rosa de los Vientos,* señor Casal, yo soy otro capitán de terremotos. Estaba impresa en la mente. Solo le faltaba escribirla.

La revista era un seísmo de novedades, pero había algo en ella que a Eliseo lo cautivaba especialmente: las páginas de anuncios de las compañías transatlánticas. Lloyd Real Holandés, The Liverpool, Brazil & River Plate, Compagnie de Navigation Sud-Atlantique, Compañía del Pacífico, Lloyd Norte Alemán de Bremen. Todos con el reclamo: *Próximas salidas del puerto de La Coruña.* Pero al lado de *Alfar* había otra revista que no conocía, con una de esas cubiertas que hacen olvidar todo lo que hay alrededor, la única puerta que uno querría abrir en ese momento. *Minotaure.* Una reproducción de una obra hecha en diversas capas de materiales: el trazo en papel de la figura mitológica del hombre toro sobre recortes de encaje y hojas vegetales, con un fondo de cartón ondulado clavado con tachuelas. Sintió el impulso de palpar.

Es un número histórico, el primero de *Minotaure,* dijo el sastre Iglesias, del treinta y tres, hace ya dos años. El encuentro nupcial de Picasso con los surrealistas. ¿Y qué hace Picasso? Darle vida nueva a la mitología. El Minotauro está al acecho, puñal en mano. Alzó la revista: ¡Esto siempre será nuevo! Podemos decir con Tristan Tzara: Amo una obra antigua por su novedad.

La Piedra del Rayo, dijo Eliseo de pronto. El bifaz. Es una talla de vanguardia eterna. Y unió las manos imitando el volumen almendrado y la simetría, el relieve de la lasca en los surcos de los dedos, nudillos y venas, el filo en la unión de los cantos, las uñas como dientes.

El sastre Iglesias miró con curiosidad aquel hallazgo que acababa de nacer en la imaginación de las manos de Eliseo.

¿De qué me habla?

Un hacha paleolítica que encontramos en una excavación del Seminario de Estudios. En realidad, parece un corazón de piedra. Algo hecho para gustar, no para matar.

El misterio siempre es estético, murmuró Iglesias.

Anochecía. El sastre se levantó y encendió las luces. Eliseo separó las manos como quien pone fin a un trance. El sastre volvió a sentarse, lo miró fijamente y le preguntó:

Y dígame, joven, ¿por qué quiere usted hacerse un traje?

Antón quedó un día con Eliseo para ir al puerto, con el propósito de saludar a unos compañeros de un bou vasco que hacía escala en ruta a Terranova. Él venía de ensayar una obra de teatro. Avanzó por el muelle haciendo de Charlot, practicando. Todavía llevaba la cara maquillada de blanco, con unas cejas de payaso.

Vete, dijo el padre. ¡No hace falta que subas!

Le explicó de dónde venía, que no le había dado tiempo a cambiarse, que Charlot, en *El emigrante,* etcétera, el golpe de mar, la causalidad. En Cierto Punto.

Ya, pero no quiero que subas. No vas a subir al barco.

Era un hombre muy sereno, pero de lenguaje endurecido:

Y vete. Tampoco quiero que te vean.

¿Qué pasaba? Eliseo sabía que estaba mal visto que a un barco subiesen los curas. Pero no tenía noticia de que la superstición afectase a los payasos. No podía pensar que fuese por desprecio o por sentido del ridículo ante los compañeros. A su padre le gustaba mucho la música. Respetaba las artes. Y habían ido todos juntos, con la abuela Nina y con Comba, a ver a Charlot en el Kiosco Alfonso. Y Antón se reía como el que más.

Pero no quiso que subiese disfrazado al barco. Y dijo algo muy extraño viniendo de él. Porque él tenía por grave insulto el de *bichicoma,* que era como llamaban los pescadores de Terranova a los que no daban golpe. Una adaptación de la expresión inglesa *beach combers,* los que iban al raque, lo que para ellos, forjados desde la infancia en el mar, era la peor deshonra: escaquearse, no mojarse.

Eso fue antes de irse a la que sería su última marea.

Dijo:

¡Júrame que no irás al mar! ¡Que no trabajarás nunca, Eliseo!

Viniendo de él, era una consigna demasiado perturbadora. Le había salido así, entre dientes y endurecida hasta el hueso. Eliseo temió que, en el fondo, estuviese asignándole esa condición, la de *bichicoma.* La de inútil. Pero lo que le estaba diciendo con un desasosiego que venía de la profundidad de los ojos era otra cosa. Una orden.

Respondió con asombro:

¡Viviré como un artista, padre!

También le salió una frase equívoca, pero parece que a Antón le resultó perfecta.

Eso es lo que yo quería oír.

Tosió. Una tos cavernosa. Un hombre que tosía dentro de él. Eso era lo que recordaba Eliseo de la despedida en el muelle. Cómo había dejado de toser porque apretaba todo: los puños, los dientes. Hermético. Tisis. Tuberculosis. Habían pedido medios para detectar bien estos accesos y darles un tratamiento. La respuesta de la compañía fue: Es un barco de pesca, no un transatlántico.

Había hecho su trabajo y el de otros. Extras como lañar el pescado y arrancar hígados, además del oficio de contramaestre. Y aquellos trabajos los pagaban en dólares. Cada vez que se hacía carbonada en puerto, echaban cuentas. Y él hacía hucha con todo. Tenía una misión. Tenía prisa. Cuando después de toser notaba sangre en la boca, metía la yema de los dedos para calentarlos. Era rápido y la mano obedecía la mirada. ¡Soy perito en hígados!, decía. Pero esa mano de rayo a veces se congelaba. Un hombre helado era un bulto en el barco. Así que el único remedio era pincharse con una aguja. Los dedos de las manos y de los pies. Reviviendo con la propia sangre. Otra vez la mano de rayo de Antón arrancando hígados. Hasta que la sangre que gotea en el hielo, que se mezcla con la de las manos y la de las entrañas del pescado, es la sangre del pecho.

Lo enterraron allá, en Terranova. Años después, en 1946, gracias a sus ahorros, a aquellos *extras,* Comba pudo abrir la librería.

Ahí está, en el centro de la galería de retratos de la pared, entre el poeta navegante Manuel Antonio y Ernest Hemingway, la foto de Antón Ponte.

¿Y ese qué escribió?, preguntó un día un cliente.

Recuerdo al tío Eliseo por una vez sin saber qué decir. Metido en la botella, intentando flotar. Un Charlot solitario en la Dársena, empapado de lluvia. El río desaparecido abriendo un surco en el maquillaje.

Ese escribió *El último día de Terranova.*

Old Nick
Galicia, invierno de 2014

Estoy mirando el letrero de Terranova. Esa caligrafía deprimida es la mía.

Sí, hay que quitarlo antes de que lleguen los de pompas fúnebres. Aunque ya están ahí. Eso no es un coche, es un tanque. Ahora se llevan mucho así. Cuando vas por una callejuela con las bengalas canadienses, aparece uno de estos y notas a tu espalda la presencia amenazadora de la maquinaria pesada de la Historia. Notas la impaciencia de Saturno, el engranaje maxilar de Chronos, e intentas apurar el paso, ¡quién tuviera una bandera blanca, o la cruz roja en la espalda!, hasta que logras meterte en un portal, la apisonadora sigue su camino y deja atrás el mensaje turbio del tubo de escape: ¡Vives de permiso!

Padre e hijo. Ambos con sus Ray-Ban de cristales tintados. Juntos al funeral. Una comparecencia solemne. No respondía a mis llamadas. Y la última vez que habían venido para comunicarme la no renovación del alquiler, ya había dejado la voz cantante a su hijo. Solo Baleia se levantó para recibirnos, con una cortesía reglamentaria. A los animales no les gustan las gafas oscuras.

¡Todos estos bichos!

¿Los libros?

No se burle, Fontana. No está en condiciones.

En lugar de ser yo el afectado, la víctima, a punto de ser un prescindible, un paria, un desterrado, un *homeless,* un exhombre, un subterráneo, un exiliado, un emigrante, un olvidado, un borrado, parecía que era él el ofendido, echando fuera un rencor revenido. Había llegado su hora, siempre mudo detrás de su padre.

¡Escoge algún libro, Nicolás! Hay que darle vida a Terranova. Unos por los otros. Yo me llevo uno del Club del Misterio. ¿Hay alguna novedad, señor Fontana?

Y mi padre le hacía una seña a Eliseo, que entraba y salía de la Penumbra con un andar en vilo.

¡Besa y mata, de Ellery Queen!

A Eliseo le gustaba cantar los títulos de las novelas de serie negra imitando el soniquete de los volantes, aquellos vendedores callejeros de libros que llevaban a modo de mostrador una tabla sostenida por tirantes. El propio Eliseo había desempeñado una temporada ese trabajo, de hombre anuncio en la acera, cuando Terranova abrió sus puertas.

¿Y de dónde sacan estos tesoros?

Cosas que trae el mar, señor Hadal. La Fabril Editora, con el señor Muchnik, en dos años hizo lo que otros en cien. Es lo que tiene de bueno la emigración, que somos un país con muchas maletas.

¡Buenos Aires! Habría que volver allá. Aunque solo fuese para estar una hora en la esquina de Corrientes y Esmeralda.

Y ahí volvía triunfal Eliseo: Una esquina de Buenos Aires es un local universal.

Besa y mata. El título se me quedó grabado, como una versión de la despedida habitual de Eliseo, sobre todo cuando me veía enfurruñado, tecleando en la Olympia: ¡Escribe y mata, Vicenzo! Besa y mata. Escribe y mata. A mí me caía bien el señor Hadal. Sabía que era el dueño de la finca, sabía que venía a cobrar, y de paso a fisgar, un ritual de toma de posesión en compañía de su hijo. Pero se presentaba de tal forma que parecía que la verdadera razón era comprar una de aquellas novelas negras del Club del Misterio. A mí también me gustaba ese club. Besa y mata. Escribe y mata. Cuando años después entré en los cuadernos secretos de mi padre, *Mnemósine in Hispania,* una de las muchas punzadas fue encontrar aquel ensayo inédito: *Miguel de Cervantes y la «serie negra».*

Echo de menos a Guillermo, el vagabundo que de vez en cuando venía a venderme algún libro *abandonado,* que él mismo había birlado el día anterior de la mesa de novedades. Primero lo leía, y luego venía a vendérmelo. Una ganga, maestro.

Y a continuación me interpelaba con voz tronante:

Y tú, Fontana, ¿por qué carajo no escribes un best-seller?

La vocación de letrista no había muerto en mí. Por el contrario, había descubierto en el oficio de las canciones el escondrijo donde estaba oculta la poesía. Pero llegó el cross a la mandíbula, esta vez sí, y ya no fui capaz de hacer letras. Había una línea, la de lo inaccesible, que tenía que traspasar y no era capaz, me faltaba coraje. Tal vez si hubiese tenido en la mano la Piedra del Rayo, lo habría hecho. Pero la Piedra del Rayo volvía a estar enterrada. Donde debía estar. Podría haberme especializado en letras estupefacientes. Incluso con apariencia maldita. La música, por aquel entonces, todavía daba unas pelas. Podría. Pero alguna vez lo intenté y las palabras me estallaban en las manos como una traca.

Mi padre tenía un apodo para el señor Hadal, el propietario.

¡Old Nick se va contento!

¿Por qué le llamas así?, preguntó Comba.

Es uno de los nombres históricos del Demonio. ¿No te habías dado cuenta de que es el Demonio?

En una visita, años después de morir Amaro, el viejo Hadal me dijo: Ya sé que su padre me había puesto un apodo. Yo me callé, pero él sabía de lo que hablaba: Su padre, además de culto, era un hombre astuto. Incluso se llevaba bien con el Demonio.

Demonios hay muchos, dije.

Sí, pero él conocía las jerarquías del Sanctum Regnum. Y su madre también. Hágale caso.

Ya entonces empezábamos a tener diferencias. Mis padres habían hecho una buena reforma para abrir Terranova, con el acuerdo del propietario. Incluso sacaron a la luz tesoros que estaban ocultos por el mal gusto, como el suelo de cerámica *art nouveau*. Pero el tiempo hace su labor de zapa, y la humedad en la calle Atlantis no descansa. Las cosas fueron deteriorándose. Mientras vivió Comba, mientras estuvo ojo avizor, aún había un trato, un respeto. Un día Comba se fue para la buhardilla y ya no volvió a bajar. No había perdido la memoria, sino que escogió una, estacional, la de la primavera de la vida. Se sentaba al lado del ventanuco del vidrio roto y se ponía a coser disfraces. Disfraces para mí. Disfraces para los gatos. Disfraces para todos.

Vivía en la juventud. En los tiempos en los que cosía con su madre en la casa de la calle Sinagoga. De repente, decía alarmada:

¿Están escondidos detrás de la pared?

¿Quiénes, mamá?

¿Quiénes van a ser? Eliseo y Amaro. Que no salgan de dentro de la pared hasta que yo avise.

Habían vivido unos años de «topos», sin salir de casa, vestidos siempre de mujer, para que no se vieran nunca ropas de hombre, ni cuando se lavaba o se tendía, y en los momentos de calma hacían artesanías, como zuequitos de madera de abedul o cajas de conchas, o juguetes muy elementales, ese taller que ampliaron al abrir Terranova con su fábrica de esferas. Debería volver a hacer esferas y también zuecos, barcos en botella, faros. Disfraces.

Ellos se quieren.

Claro, mamá.

Se quieren mucho, se quieren de verdad. Se aman.

Su voz avanzaba como la costura, iba uniendo las piezas separadas.

Yo también los quiero. Por eso tengo que cuidarlos. Y por eso me casaré con Amaro. Para que estemos siempre todos juntos.

Mis padres se habían casado un año después de abrir Comba la librería, en 1947. Una Comisión de Depuración había dispuesto en 1942 la expulsión de la enseñanza de Amaro Fontana, con la orden de «separación de servicio y baja en el escalafón». Nunca más volvería a las aulas. Eliseo se fue a vivir con ellos a Terranova, en Atlantis, 24.

Old Nick existía. Me di cuenta cuando el viejo Hadal empezó a decir que no a todo. A cada propuesta de arreglo de la casa. Aplazaba con disculpas cualquier decisión y no permitía tocar nada. Ni hacía ni dejaba hacer. Pero el Old Nick se activó en toda su potencia con la conjunción del viejo y del hijo, aquel pequeño Nick que pasó de acoquinado a perdonavidas en una asombrosa mutación. Ni Despertador. Ni Rayo. Ni Bustaca. Ni Bombita. Ni un puñado de Dexis con otro de Cocaína podrían conseguir ese efecto. Hacía tiempo que había dejado las anfetas y toda la mierda cuando redescubrí el sistema respiratorio y se me subió a la cabeza el aire del mar. Pero delante de Nick Junior me preguntaba qué nueva sustancia química se habría sintetizado en el trasmundo, sin que yo me hubiese enterado. Una pregunta retórica. Esa poderosa anfeta estaba inventada. La mezcla de velocidad y codicia.

Y la tenía delante.

Fue él, la Perfecta Síntesis, quien me dijo que el tiempo se estaba acabando.

El tiempo no se acaba, Hadal, dije mirando al cielo.

Pues lo que se acaba es la paciencia, dijo él.

El grano que les sobraba a los caballos y caía al suelo era para los gorriones, dije por decir algo.

Ahora se lo comen todo, incluso el grano de los gorriones.

Sitúese en la realidad, Fontana, dijo Old Nick paternal. A mí también me duele el cierre de una librería como Terranova. Pero ya ha perdido el tren. Estamos en otro tiempo. Ahorrémonos el drama, el escándalo de que lo saquen por la fuerza. ¿Por qué no se va a la aldea? Se merece una vida tranquila. Usted tiene casa en Chor, ¿verdad?

Old Nick al cien por cien. Sabía de sobra lo que había pasado en Chor. Sabía que la tía Adelaida y el Aviador habían vendido la Casa Grande. Hasta es posible que él tuviese algo que ver en la operación. Sabía, tenía que saberlo, que a mí no me había quedado ninguna herencia. Más aún: tenía que estar agradecido. Todo el gasto de mantenimiento que habían hecho desde la muerte de los abuelos y ya antes. Valía más el tejado nuevo que toda la finca. De no haber sido por ellos, Chor sería un montón de piedras. Y los gastos de electricidad, ¿quién pagaba la factura? Pregunté por el cuadro, aquel cuadrito, aquel paisaje de un roble herido por un rayo, del que mi padre había dicho que posiblemente era de Ovidio Murguía, el pintor romántico, y el Aviador soltó una carcajada.

Con ese cuadro se pagó la operación de cataratas de Expectación. ¿No te lo dijo la bruja?

No, lo único que me había dicho Expectación es que no le gustaba el mundo después de haber sido operada de la vista.

¿Y qué había pasado con las imágenes de la capilla? Había una que era muy valiosa. La de Nuestra Señora. La María Anunciada.

Otra carcajada: ¿La de la preñada? Copia, mala copia, no tenía ni veinticinco años de antigüedad. ¡A saber dónde estaría la original! En el mercado ilegal de imágenes, por Bruselas o por ahí. Bendiciendo la casa de un mafioso.

Chor ya no existía para mí, pero no le dije nada a Old Nick. Solo le dije:

Voy a retirar ese letrero.

¿Qué letrero?

El de la liquidación.

Perfecta Síntesis se interpuso entre su padre y yo. Me miró desde su altura. En la mutación también había crecido varios metros.

Esta vez me tuteó:

Se acabó el cuento, Fontana. O te largas por las buenas, o ponemos en marcha el proceso de desahucio. Y te aconsejo que te vayas por tu pie, por las buenas. Has convertido esto en un santuario de animales y un refugio de... indigentes. La inmobiliaria Hadal tiene un nuevo socio. Mayoritario. Con poder, mucho poder. Y es lo que llaman en los negocios un matador.

Se volvió hacia Old Nick: ¡Vámonos, padre! El Máster no estaría aquí escuchando pamplinas de caballos y gorriones.

¿El Máster?

Aquella noche oí gemir a Baleia.

Baleia V, debería decir. Desde la apertura de Terranova siempre hubo una Baleia.

Para mi padre, *Vidas secas,* donde aparecía la perra Baleia, la madre de todas las Baleias, era un injerto bíblico. Como bíblicos eran también *El Llano en llamas, Gobernadores del rocío* o *El reino de este mundo.* Él, al desgaire, iba poniendo injertos en esa biblia suya. Eran de los libros que poblaban la intimidad de la Penumbra.

El de Baleia era un gemido bajo, pero prolongado. A veces lo hacía, gemir, mientras dormía, tal vez una pesadilla histórica, de la memoria universal de las Baleias. No ladraba. Tenía el lenguaje de los ojos, de las orejas, del rabo, era todo expresión, pero parecía haber renunciado a ese idioma del ladrar. Por eso aquel gemir resultaba más perturbador que un aullido.

Yo dormía esa temporada en la buhardilla, en el catre al lado del ventanuco del vidrio roto. De vez en cuando se movía una esfera en el suelo. Por allí andaba, en la noche, recolocando los astros, el sapo Teixeira.

Pero ahora Baleia estaba intentando comunicar algo en la planta baja de la librería, sin estruendo, una especie de lamento y llamada. Me preocupé. Me encasqueté mi Minera, la linterna de cabeza, esa que me ayuda a atravesar las noches interminables, empuñé las bengalas canadienses y fui bajando los peldaños al tiempo que salmeaba algo para calmar a Baleia y tranquilizar al resto de la casa. Aunque nadie daba señales de inquietud. Goa, Sibelius y Expectación dormían, por así decirlo, en el interior del sueño. Habían encontrado en Terranova el refugio donde resarcirse de todas las vigilias padecidas.

No, no había señal alguna de violencia en el escaparate ni en la puerta. Baleia se pegaba a mí, se adelantaba, meneaba la cabeza. Estaba diciéndome algo, indicándome un camino, y la seguí hasta que se plantó delante de la puerta de la Cámara Estenopeica.

Venteaba, y a medida que venteaba más gemía, y toda ella, delgada Baleia, el pelo erizado, se había convertido en un ser picudo. Alrededor, sin tanta implicación, con el escepticismo de los ídolos noctámbulos, los gatos de la casa.

Abrí.

Parecía más joven. Casi una niña.

¡No llames a la policía, Fontana!

No, no te preocupes, le dije. No llamaré ni a la policía ni al helicóptero.

Estaba echada en el sofá, con la cabeza orientada al Faro y a la Polar. Los ojos, la nariz, los pómulos, la boca. Todo se percibía mejor en la noche con mi linterna Minera. Su cuerpo parecía haberse achicado en pocas horas, desde que la vi con su mochila de erizos. Ese repliegue de la carne en los trazos de la cara, hombros y brazos acentuaba la forma esférica del vientre. Allí posadas, las manos parecían alargarse, huesudas, con una disposición de mimbres.

Habrá que llamar a una ambulancia, le dije. A una ambulancia, sí.

No, por favor, Fontana. ¡Espera!

¿Dónde está tu chico, Viana?

Está huido, escondido. Lo persiguen.

¿La policía?

No, esta vez no es la policía. Quieren que haga otra vez de sustituto.

¿De sustituto?

Él va a la cárcel por otro, ¿entiendes? Eso es un sustituto. Así lo conocí yo, en la cárcel. Yo también era sustituta.

¿Tú estabas en la cárcel?

No. Yo era otro tipo de sustituta. Hacía de novia. Era parte de la paga que le ofrecieron para estar en la cárcel en lugar del otro, uno que llaman Boca di Fumo. Zas aceptaba los cargos, los testigos lo señalaban, y era él quien cumplía la pena del capo. Ese fue el trato.

Pero ¿le pagaban? ¿Cuánto le pagaban?

Él pidió una guitarra eléctrica. Desde chaval soñaba con una Stratocaster. Una como la de Jimi Hendrix.

Una guitarra, ¿eh? Una guitarra y tú.

Sí. A mí me pagaban por ir al vis a vis. Una vez al mes. Cobraba como puta, pero me gustó desde el primer día. Me trataba como a un amor. Como nunca nadie me había tratado antes. Y acabé colgada por él. Estaba deseando que llegase el día para ir a la cárcel.

Eres muy valiente, le dije.

No. Siempre tengo miedo.

¿A ese Boca di Fumo?

A ese también. Pero tengo miedo a todo. Por eso soy a veces tan agresiva. Quería tener el crío, y ahora tengo miedo a que nazca. Tengo pánico a la felicidad. De los momentos en que fui feliz desperté como metida en una nasa. ¿Sabes lo que es una nasa? Sí, una trampa para atrapar pulpos. Y los pulpos son muy inteligentes, ¿no es verdad? Tengo miedo hasta de la belleza. Te voy a contar algo. Un día fuimos en autobús de Coruña a Fisterra. Zas y yo, con un amigo que se llama el Tabernícola. Cuando estábamos llegando a la costa, el mar y el cielo comenzaron a arder. Era algo maravilloso. Nos agarramos de la mano, nos besamos. Pero ocurrió algo extraño. Alguien empezó a llorar. Primero fue como un hipo, pero fue creciendo como llanto. Y fue contagioso. Todos los viajeros comenzaron a mirar por las ventanillas asustados. Y pidieron al chofer que parase. No tuvo otra opción. Los pasajeros golpeaban los cristales. Y bajamos. Hubo gente que se abrazó, algunos se pusieron de rodillas.

Eso sería cuando el naufragio del *Casón,* dije, aquel barco con carga química. Explotaba en el mar.

No, fue mucho después. No había ningún naufragio químico. Solo era la puesta del sol. Una maravilla.

El Hombre Borrado
Galicia, otoño de 1955

Amaro había tenido que ir a la Casa Grande de Chor, a arreglar unos asuntos de sus padres. Me llevó con él.

De vez en cuando llegaban ecos de disparos de escopeta.

Están cazando alimañas.

Mi padre estaba furioso.

Llamaban así, *alimañas,* a los escapados, a la gente del monte, dijo. Y como acabaron con la gente, siguieron con las alimañas de verdad. Con las que habitaban desde siempre el monte. Pagaban dinero. Antes pagaban por la delación, por la caza de gente. Y ahora pagan por los animales salvajes. No solo por el lobo. La caza colectiva del lobo en los fosos se había prohibido ya en el XIX, por esa idea ilustrada de que era un atavismo. Era infinitamente más civilizado que todo lo que vino después. Los vecinos empujaban el lobo hacia el foso, haciendo una cuerda de ruido, un cerco intimidatorio, gritando y golpeando palos y hierros. Y con antorchas, si era de noche. Conducían el lobo a la trampa. Moría en la trampa. Ensartado. Era una muerte cruel, en efecto. Una escena no muy diferente de la Edad de Piedra, en el tiempo del bifaz. De la Piedra del Rayo. Pero lo que habían decretado ahora era la extinción total. Y para ello crearon unos organismos así llamados, las Juntas Provinciales de Extinción de Alimañas. A Felipe IV no se le ocurrió mayor crueldad que matar por chiste un toro de un arcabuzazo. También hubo un obispo que declaró la excomunión de los ratones. ¡Pero dónde se ha visto dictar la extinción de los animales salvajes!

Los abuelos atendieron en silencio el monólogo de Amaro. Balbina había corrido a cerrar las puertas de la sala, pero Edmundo dijo: Mejor que queden abiertas, así nadie se esconde a escuchar detrás de ellas.

Cuando nos fuimos, el abuelo dijo:

¡Tranquilízate, hijo! Todavía hay mucha tierra que se esconde. Y hay tiempos en que progresa la ignorancia.

Con todo lo que pasó después, creo que nunca estuvimos tan cerca el uno del otro como aquel día, al salir de Chor. Íbamos en el autobús. Y se detuvo en la plaza de Lar de Lama. Todo a lo largo y ancho del atrio de la iglesia cubierto de zorros muertos. Miré por la ventanilla del autobús. Orvallaba. Resbalaban gotas en el vidrio que hacían irreal el mundo exterior. Nos protegía una lluvia consciente, amniótica. Alguien gritó fuera: ¡Son cincuenta y siete raposos! Casi todos los pasajeros bajaron a mirar. Mi padre me cogió de la mano. Estaba fría, sudaba. El suyo era al tiempo un gesto protector y de quien pide socorro. Busqué su mirada, pero bajo las gafas tenía los ojos empañados, de pez ciego.

Desde su asiento, el conductor nos avisó de que el tiempo de parada estaba a punto de termi-

nar. Que bajáramos a echar una ojeada rápida, si queríamos. Había, dijo, un montón de animales muertos, no solo raposos, también comadrejas, martas y
aves como búhos, lechuzas y urracas. ¡Y un águila
real! El águila del monte Pindo. Tenía nombre. La
llamaban Xoana. Él no se bajaba, advirtió. No le
gustaba el olor de la muerte. Encendió un pitillo.
Expulsaba grandes y espesas volutas, que para mí
tenían la forma de los globos de palabras de las viñetas de los tebeos, en este caso globos llenos de
silencio.

Mi padre dijo en un hilo de voz, más dirigi-
do a mí que al chofer: No, nosotros tampoco nos
bajamos, ¿verdad? Luego murmuró algo que arrancó desde más allá del fondo de la garganta: Epopoi
popoi. Me cogió de la mano. Sus dedos, con vello
negro en el dorso, uñas largas como garras, tenían
las yemas heladas. Le devolví la caricia con mis dos
manos para calentárselos. Sentí que tenía que proteger a mi padre.

Él fue a verme muy pocas veces al Pulmón de
Acero. Comba iba todos los días. Eliseo, casi todos.
Esa temporada, mi tío no se fue de viaje. Quien estaba de viaje, en cierto modo, era yo, metido en mi
Nautilus, varado al lado del mar, en el pabellón del
Sanatorio Marítimo. Papá te manda besos, decía
Comba. Pero yo sabía que él no era de muchos arru-
macos. Ponía la mejilla, pero él no besaba. Cuando
abrazaba, eso sí, las veces que abrazaba, esos abrazos
que se daban en Terranova, sobre todo los abrazos con
los que venían de afuera, y el Afuera debía ser infini-

to, tanta gente Afuera, no se decía Exilio ni Emigración, se decía Afuera, pues esos abrazos dejaban el recuerdo del abrazo, quedaba un aire de apego después del desapego. Y él también se transfiguraba, se desprendía del viejo cuerpo en el que estaba enconchado, y bullía cuando llegaban algunos de los de las maletas y baúles, hombres y mujeres emigrantes de los que nadie habría sospechado que venían de América con el peso de libros en un doble fondo, portadores de «botellas al mar», obras prohibidas o extranjeras, inéditas en España. Qué fiesta para él recibir a los viajantes que volvían de Portugal con los «torgas» entre manteles, con el mismo color blanco de los lienzos, ¡Viene *A Criação do Mundo,* señor Fontana!, ¿Qué día?, *O Terceiro Dia da Criação,* ¡Ah, qué bien, el mundo ya va por el tercer día! Sí, los libros que el propio Miguel Torga editaba en Coímbra, aquellos *Diarios,* la cosecha que nunca defraudaba, no eran tomos ni volúmenes, eran «torgas», y para Amaro el contrabando sensorial, una alegría táctil tocar aquellos seres que habían atravesado el Miño. Otra alegría, una alegría aún más inquieta, una alegría alerta, la que surgía cuando llegaban de vuelta los conductores frigoristas que hacían las rutas a París, con los libros y los *Cuadernos de Ruedo Ibérico,* ese «pescado» que de inmediato iba a las neveras de la Tierra Escondida. Pero lo del Ruedo Ibérico fue más tarde, en 1965, cuando yo ya andaba por Terranova con las primeras muletas.

Las pocas veces que venía a verme, casi siempre en domingo, traía la concha a cuestas. Eliseo me contaba sus cuentos abyectos, el heroico conejito que comía a la madre berza pero no tenía padre en que hincar el diente, la historia de Job, la desgracia de Job, el hazmerreír de Job, soportando todas las palizas. Mi padre no resultaba cómico. Metido en mi cilindro, con la cabeza por fuera, podía verlo por el espejo y me parecía más viejo, más pequeño y grueso, y más distante, como un observador orgulloso en su desánimo. Mientras Comba se esforzaba en reír, en exagerar los signos de mejoría en mi cuerpo desertor, él parecía a punto de desaparecer borrado.

Había vivido un episodio así. El de ser borrado. Había ido a dar una charla a la Casa de la Cultura, en el Jardín Romántico. Él era reticente. Pero le pidieron que hablase de Rosalía de Castro, una mediación desde Madrid de su providencial amigo Verdelet, aceptó y se decidió con una intervención que fue seguida por un público en vilo, y finalizó con un aplauso más que sentido: doloroso. Se tituló *«La straniera» y Rosalía*. Había tenido que presentar para la censura una sinopsis y respetó al pie de la letra el guion. Pero, por lo que contaron, una cosa era leerlo y otra oírlo. Rosalía de Castro tenía dieciséis años y fue testigo del año del hambre de 1853, cuando la peste de la patata. Mientras los señores de la tierra guardaban las reservas de cereales, miles de familias campesinas hambrientas arañaban con las manos la madera impasible de las puertas de Santiago implorando un mendrugo de pan. Se cerraron entonces los ojos del Poder y de la Iglesia, pero los de ella, los de la joven, se abrieron hasta lo invisible. En la puerta de su casa escucha un lamento melodioso. Es un niño de la calle, que poco más tiene que pellejo, hueso y aquel canto que hace estremecer las piedras de la ciudad enmohecida. Rosalía se lo lleva al interior de la casa. Le proporciona alimento, ropa nueva, calor. Le pide que cante las coplas populares. Ella cantó luego la barcarola de *La straniera* de Bellini. Tocaba muy bien la guitarra inglesa. Y el arpa, y la flauta, y el piano, y el harmonio. Pero su preferido era la guitarra, que dejaría de tocar porque desagradaba a Manuel Murguía, el hombre ilustre con quien se casó. En *Follas novas* hay un eco dolorido de esa sustracción: *Aqueles doces cantares, / aquelas falas de amor, / aquelas noites serenas, / ¿por qué non son? / Aquel vibrar sonoroso / das cordas da arpa i os sons / da guitarra malencónica, / ¿quén os levóu?* Después de *La straniera,* Rosalía le dejó la guitarra al niño, que no se desprendía de ella, tratando de arrancar con las manos el alma de la materia. Y eso fue todo. Tras la introducción y el largo y ceremonial saludo que el presentador dirigió a las personalidades presentes, Amaro Fontana se limitó a exponer una de sus piezas al modo de Piedra Prismática. Fue suficiente. La primera vez que hablaba en público después de la guerra. Las manos aplaudieron por su cuenta, salvajes. Se hizo una foto para la prensa, con un grupo de asistentes. Al día siguiente, Amaro no aparecía en la foto. Un amigo del periódico contó que el director había ordenado borrarlo, ¡Todavía anda por ahí ese Fontana!, sin que nadie se atreviese a explicarle que precisamente había sido el conferenciante. Se lo tomó a broma. Había amigos que venían a ver a Terranova al Hombre Borrado y hacían chanzas porque, en esa demostración de insania, el Régimen había quedado en ridículo. Pero, en el fondo, su cuerpo había sufrido el borrado. Ya había vivido un tiempo enterrado, como «topo». Y cuando asomó la cabeza, para hablar de una poeta, un niño y una guitarra, fue borrado.

De eso me enteré mucho tiempo después. De que mi padre había sido borrado de una foto de grupo en el periódico. Pero yo, aquel día de visita en el Sanatorio, sin saber nada de la foto, ya lo vi borrado.

Alguien tiene que ocuparse de Terranova, hijo, explicaba Comba. Además, él está muy afectado por lo que te pasa. Y él tiene también lo suyo. La diabetes le cambió el humor. No sabes cuánto se esfuerza.

Yo no entendía lo que me quería decir. ¿No me visitaba porque sufría mucho por mí? Y, cuando venía, parecía el Hombre Borrado. ¿Qué hacía? ¿Qué era eso tan importante que estaba haciendo? Pensé en el día de las alimañas, en su pánico a salir del autobús.

Pensé que sufría, sí, y que era un cobarde.

El Pulmón de Acero
Galicia, otoño de 1957

Había anochecido. No esperaba visitas. La luna se reflejaba en el espejo del Pulmón de Acero, ofreciéndome un trozo de misterio. Era lo que tenía más cerca. Ese trozo celeste de misterio y el cuchicheo de las niñas jorobadas.

En el pabellón, de pronto, retumbó la voz de protesta del tío Eliseo.

¡No dejan entrar a las personas no humanas!

La enfermera de guardia venía detrás de él: Don Eliseo, silencio, por favor. ¡Esto no es el Moulin Rouge! Era una espina que tenía clavada, porque mi tío le había comentado una vez cuánto le recordaba en belleza a una vedette que había visto en uno de sus viajes a París. Pero la vedette no iría de bata blanca, había dicho con ironía Sara, la enfermera. Y Eliseo respondió con su registro de trovador: No, mi doña Alba, ¡por desgracia, no!

Al final trabaron amistad. A mí me parecía bien. También me gustaba Sara, aquella «doña Alba», su tono de voz, el olor cuando se acercaba. Y a ella le divertía Eliseo, aunque componía un gesto de alarma cuando él anunciaba un cuento. Sobre todo, un cuento infantil. Pero hoy estaba enojada. Que no volviera a dar gritos. Que había gente muy enferma.

¡Aquí hay vida, Sara! Ahí fuera es todo un inmenso cementerio. El mundo se hunde como una balsa de náufragos.

Es una lástima para el chiquillo, dijo Sara. Todo el día esperando su visita. Pero tendré que pedirle que se vaya, don Eliseo.

Él se puso de rodillas ante ella:

Perdone, hoy vengo expresionista. ¡Es la luna!

¡Un poco chispa sí que viene!

Están ahí fuera, me dijo muy bajito. Zein y Seit.

Yo sabía muy bien a qué se refería.

Están ahí fuera, en la playa del Lazareto, ladrando al mar y a la luna, sosteniendo la existencia, ¿no los oyes?

Eran los dos menudos, perro y perra, siempre a la greña el uno con el otro, pero inseparables. ¡Ser, Nada! Esa era la forma de regañarlos de tío Eliseo.

¿Y de qué raza son?

Existencialista, respondía muy serio.

En Terranova entonces estaba Baleia, la primera Baleia, la más lánguida de todas las Baleias. Y Zein y Seit, correteando a su alrededor, azuzándola. Pero la tristeza de Baleia era invencible.

Ahora todo el pabellón estaba pendiente del Ser y la Nada.

Atiende, escucha, escucha.

Se levantó. Lo vi desaparecer del espejo en dirección a la ventana. Zein y Seit ladraban, y él se volvió para decir:

¿Oyes, Vicenzo, los lamentos de los últimos días de la humanidad?

Ya está bien, ¡se acabó!

Y entonces Eliseo se sentaba a mi lado, obediente, arrepentido. Yo tenía miedo de que un día lo expulsaran y no lo dejasen volver. Pero no tardé en darme cuenta de que su voz ronca y teatralmente solemne era anhelada en aquella hora inquietante en la que venía o no venía el sueño.

Solo un cuento, por favor.

Abrevie, Eliseo.

Este es un cuento un poco infantil. Muy infantil.

¡Qué horror!, exclamó Sara, arrepentida de haberle dejado empezar.

Esta es la historia del hombre que no tenía miedo y quería conocer el miedo. Le dijeron: ¿De verdad quieres conocer el miedo? Pues vete a la guerra y verás lo que es el miedo. Pese a todas las barbaridades que vio allí, ríos de sangre, tierras movedizas, depósitos de tripas, el gran lodazal vesiculoso, campos sembrados de ojos arrancados, de manos mutiladas con los dedos moviéndose todavía...

Señor Eliseo, ¡abrevie en carnicería, por favor!

Más que interrupción, la voz de la enfermera parecía un injerto necesario en el relato.

Ni siquiera sintió miedo, continuó Eliseo, cuando en lo alto de un tanque apareció un poeta sin nariz que gritaba: *La guerra è bella! La guerra è bella!* Así, en italiano.

¿Es eso cierto?, preguntó ella.

Lo de la nariz es una licencia. Tenía una nariz muy futurista. Gritaba: ¡Queremos glorificar la guerra, la bella idea por la que se muere, y el desprecio de la mujer!

¡Qué cabrón!

Muy futurista, ya he dicho. Pues ni eso le dio miedo a nuestro hombre. Le dijeron: ¡Vete a la casa del Diablo y verás lo que es el miedo! Y se fue a la casa del Diablo. Llegó cansado. Se acostó en un lecho que había allí. Y empezaron a caerle encima trozos de cuerpo, los brazos, las piernas, las vísceras, la cabeza de un cerdo con el hocico y las orejas...

¿La cabeza de un cerdo?

Es un cuento popular, mujer. Del cerdo se aprovecha todo, incluso la conversación. Bueno, digamos que una calavera. El hombre que no conocía el miedo apartaba de la cama los despieces cárnicos, los huesos, las extremidades, todos los órganos. ¿Y qué ocurrió? Pues que todo aquello se recompuso, se unió, se cosió. Era el Diablo en persona. ¡Y no te imaginas qué gracia le hizo al hombre que no conocía el miedo! Como un número de circo. Se partía de risa.

¿Y cuándo conoció el miedo?

Cuando se miró al espejo.

Pero ¿quién estaba en el espejo?

Él. Únicamente él. Nadie más. Él era el miedo.

Pues no lo entiendo muy bien, dijo Sara.

Ese era un error típico de Eliseo. El creer que todo el mundo lo entendía. En la definición de mi madre: Donde tú ves un pez, los demás ven un zapatón.

Vestía como un dandi de otro tiempo. No del pasado ni del futuro. Un tiempo suyo, antiguo y moderno a la vez. En la solapa llevaba una flor de plástico que, de repente, le ofreció a la enfermera.

Y dijo con delectación:

¡Algún día el mundo estará lleno de estas maravillas!

Ella le respondió con sorna:

¿Esto es todo lo que ha traído del paraíso?

Le voy a contar un secreto, Sara. En el paraíso, las flores se caen al suelo. Enteras, como las camelias.

En el pabellón, al lado de los pulmones de acero, había un espacio separado por una cortina donde estaban las niñas jorobadas. No, no decían así, en voz alta, ni cuando pasaban revista los médicos, pero ese era el modo de nombrarlas, de referirse a ellas cuando ellas no escuchaban, o eso creían los que susurraban. No sé si habría también niños jorobados, pero yo siempre les oí referirse a ellas, a las niñas jorobadas. Estaban amarradas a las camas con correas y no podían levantarse. Incluso los domingos, después de misa, venía el sacerdote con el monaguillo y les daban la comunión, pero sin soltarlas.

Yo le había preguntado un día a Sara por qué las tenían siempre amarradas. También yo estaba sujeto, pero era porque no podía respirar por mi cuenta. Ellas podían respirar, y llevaban años así, sujetas. La enfermera me contó que era por su bien, que tenían un problema en la columna vertebral, y de esa forma trataban de que se enderezasen.

¿Y van a enderezarse?

Sara calló. Miró hacia otro lado. Su cuello era blanquísimo, más que la bata, y una vena azulada tenía la forma de una misteriosa joya ceñida a la piel.

Uno de los días que estuvo Amaro, se interesó también por las niñas jorobadas. Recibió una respuesta semejante, la del silencio, y le oí musitar: ¡Qué horror, qué horror!

Una noche se levantaron. No se sabe cómo hicieron para desamarrarse. Eran tres. Y fueron tres voces las que oí, tres susurros diferentes que yo reconocía. Voces contenidas, comprimidas, que la noche amplificaba para el navegante del Pulmón de Acero. De día era capaz de oír las voces de los operarios en el astillero de Oza. Por la noche, una conversación de pescadores al volver del mar. El fin de semana, la música proveniente de un salón de baile. Una pareja, en algún lugar, a punto de hacer tambalearse el Sanatorio, solo con el jadeo, con el sonido indescriptible de quien quiere gritar y ahoga el grito. Como el frenazo del tren. Sí, se oía el tren, el mar y el tren y la orquesta del salón de baile. El abrazo de una pareja de gigantes, golpeando paredes, haciendo crujir un somier, en el cuarto de guardia médica, en el túnel del tren, en la boca de la bahía. Y en medio, yo, en mi Pulmón de Acero, bajo la luna. Todo debió de ser cosa de la luna. Porque el brillo de la luna era tan intenso que reverberaba en el aire.

El caso es que solo yo escuché aquella noche a las tres niñas jorobadas. Su cuchicheo secreto y excitado a la vez. Fue como sentir unos bultos que aprendían de nuevo a andar. Y lo hacían muy deprisa. Hasta que debieron de llegar a la ventana. E imaginé el porqué del silencio: cogidas de las manos, hechizadas viendo arder el mar, y la barca salvadora, un fanal meciéndose.

Y la mayor, la muchacha que dice:

¡Son ellos, los gemelos!

Aquella fuga, la de las tres niñas jorobadas, debería figurar como efeméride en la historia de España. Porque su dolencia también era una dolencia histórica. La Historia desatenta retorciendo sus vértebras. Conspirando contra su cuerpo. Algo dentro de mí me obligó a mantener la boca cerrada, yo que tenía vocación de gaceta, de correveidile, de corredor de oreja, de no perder ripio, de desenterrar a los muertos. Nunca abriría la boca para delatarlas. Nada más amanecer, empezó el rebumbio. Voces de alarma. Carreras. Gritos exasperados.

Las habían robado.

Las habían secuestrado.

¿Y si habían huido?

Cómo iban a huir las jorobadas.

Porque, en el guirigay, ya no había eufemismos ni indirectas. Esas niñas deformes, medio anémicas, las piernas como palos, cohibidas, ignorantes, con miedo al mundo, tartajas de lengua materna, aquellas criaturas infelices, carne de convento.

¡Místicas eran un rato largo!

Hasta que una voz sensata, la de Sara, dijo:

Ahora no sabemos nada. No sabemos lo que eran, ni lo que de verdad estaban pensando. Lo único que sabemos es que querían huir de aquí.

Uno de los sabuesos de la gerencia del Sanatorio, para mí desconocido, llegó a la conclusión de que yo y mi nave, mi Pulmón de Acero, ocupábamos un lugar estratégico y tal vez hubiese oído algo. No estaba enterado de mi fama de búho. Ni parecía tener en cuenta la noche de luna, lo que permitía una cierta visibilidad con mi espejo panóptico. Era una nulidad como investigador. Los niños se percatan enseguida de la incompetencia de los adultos.

Ejercí mi condición de niño inmóvil, inquilino de un pulmón de acero. Ni despegué los labios.

Quien estuvo a punto de sorprenderme fue la propia Sara:

¿Seguro que el capitán Nemo no sabe nada?

Redondeé los labios. Soñaba con un beso de película. De modo que cerré los ojos.

No, no sabe nada.

La resurrección

La tuya es la resurrección más esperada desde Lázaro.

Yo estaba bajo y él lo notó. Empezaba a no querer entenderme con el Pulmón de Acero. Deseaba que la máquina se volviera algo humana, que se averiase.

Yo era el conejito, el huérfano salvado por ella, por la Berza Máquina, pero ella no quería soltarme y mucho menos que me deshiciera de ella.

Eliseo me ayudaba con sus historias abyectas. Lo que ocurría era que me sentía personaje de ellas.

Yo era el conejo.

Yo era el pasmarote de Job.

Yo era el muerto agarrado al balcón.

Y ahora, por lo visto, iba a ser Lázaro.

Quiero que te vayas, tío. Quiero estar solo.

No se lo podía decir al Pulmón de Acero, pero a él sí. Además, a él lo quería, y eso sentaba bien en un cuento abyecto. Era la primera vez que me oía decir eso: Quiero estar solo.

Qué bien sabe, dulce salado, cuando eso que dices lucha con lo que piensas: Quiero estar solo.

Mi tío raramente se enfrentaba con alguien. En lugar de irse, siempre estaba dispuesto a despedirse.

Miré por el espejo, detrás de él. La enfermera estaba muy tensa, quizás era la primera vez que un niño pedía soledad, y me miraba con una severidad cercana al rencor. Entendí el porqué. Ella ya pertenecía al abyeccionismo, y yo estaba privándola de un cuento de Eliseo.

No pensaba irse.

Jesús resucitó a Lázaro, ¿verdad?, continuó, desoyendo mi deseo de soledad. Era la primera vez que lo pedía, y no se me concedía. Comprendí que no era fácil estar solo si uno quería estar solo. No suponía ningún coste. No molestaba a nadie. Pero no podía estar solo.

Imaginemos que, en realidad, Lázaro no quería resucitar, dijo Eliseo. Era un caso complicado. En una versión apócrifa de los Evangelios, pero que no parece desatinada, se dice que Lázaro murió porque quiso. ¿Qué significa eso?, que murió porque quiso. La palmó, digamos, por su mano. No le gustaba el mundo. Llegó Jesucristo y, con la mejor intención, lo resucitó. El mayor milagro, porque solo se muere una vez. Todo era alegría en casa de Lázaro. Todos estaban felices, excepto uno. Y justo era Lázaro, el resucitado. No le gustaba el mundo y cuando resucitó, pues seguía sin gustarle. Se cabreó mucho cuando resucitó.

Pero a ti te gusta el mundo, ¿verdad?

Y así fue como fui resucitado. Por un surrealista. De la rama de los abyectos.

El caballo

De pequeño me regalaron un caballo. Antes de la enfermedad y del Pulmón de Acero. Ya no era uno de aquellos caballos primitivos que hacían Amaro y Eliseo en su época de «topos» o cuando comenzó la vida de Terranova.

Lo había traído tío Eliseo de una de sus giras, una de las primeras. Una larga ausencia. No logro evocarlo con precisión, pero recuerdo que Terranova se había quedado muy triste. Cuando empecé a preguntar, la versión era que se había ido a Francia y desde allí a América. Los asiduos de la librería, la gente de más confianza, o no preguntaban o se contentaban con cualquier lugar común, una respuesta de cortesía: Esta temporada está en París. Ah, qué bien, estará feliz, allí hay otra cultura, etcétera, etcétera. Pero a veces, algún cliente picajoso indagaba obstinado en el destino de Eliseo, dándole vueltas, Europa, América, ya, pero ¿qué hace? Y mi padre, malhumorado, al fisgón: Está invitado por la Internacional Surrealista.

¡Ah, claro, claro, la Internacional Surrealista! Eliseo siempre con esa manía de los sueños. Pero eso fue antes de la guerra, ¿no?

Yo, por aquel entonces, tendría cinco años, no sabía que hablaban de él, que Polytropos era el sobrenombre de mi padre desde los años de la Universidad. Con el tiempo despertó mi curiosidad. No es muy habitual tener a mano un padre que atienda por Polytropos. Y cuando dejamos de hablarnos y empezamos a comunicarnos con mensajes escritos, entonces sí, no lo dudé, el encabezamiento fue: *No lo consideres, Polytropos, un acto de hostilidad...* Pero ese día yo carecía de esa información básica. Mi padre era mi padre, Amaro Fontana, mi queridísimo padre, cariñoso con la familia, de broma con las amistades, y con los animales, en general, aunque podía ser muy oblicuo, hosco e incluso desentenderse con brusquedad de una conversación cuando sentía que estaba pisando mala hierba. Discutía con reaccionarios, valoraba lo que llamaba la «inteligencia peligrosa», pero le cabreaba, echaba chispas, cada vez que tenía un encontronazo con el que él llamaba un «zoquete ilustrado».

No sabía aún que mi padre era Polytropos. Pero sabía ya que tenía varias caras. Y que una de ellas era la de la lechuza que despierta al día ululando:

Sabrá que después de la guerra, allí donde no fue derrotada la humanidad, volvió a brotar la civilización. Y por allí anda nuestro Eliseo con su subconsciente de sombrero.

Fue por aquel entonces cuando empezaron a llegar muchas maletas. Quiero decir, gente con maletas y baúles de libros. De toda América, pero en especial de Argentina y México. A mí se me quedó grabada la Internacional Surrealista. Una empresa maravillosa que llevaba a mi tío Eliseo por el mundo adelante. Y además la asocié con todos aquellos envíos.

Dijo:

Un caballo de la Pampa. ¡Un criollo pinto!

Su cartón barnizado era a mis ojos una piel castaña, con una larga crin negra y una pinta blanca que tenía más de muñeca del escaparate de la tienda de juguetes Arca de Noé que de bravo garañón. Pero en sus ojos negros había alguien muy salvaje.

No quise montar.

Al principio, pensaron que era un juego ritual por mi parte. Que me estaba midiendo con el juguete. Luego, que era un pronto. Un capricho sin sentido. Los adultos no llevan bien la indocilidad de un niño. Les dio a todos por intentarlo. Incluso por arrastrarme en el intento. La que más Comba, siempre tan comprensiva.

Es lindo el caballo. El más lindo juguete sobre la tierra.

Hasta que se dieron cuenta de que era miedo. Un miedo insuperable. Yo estaba tieso de miedo, el cuerpo acartonado, de la misma materia que el caballo, y no era capaz de ponerme a horcajadas. Ni ese ni los días que siguieron. Se quedó allí, en Terranova, cada día más metido en la Penumbra, en el espacio del Laberinto Mágico. A veces, un niño, una niña, hijos o nietos de algún cliente, montaban en el caballo, que hasta tenía silla, estribos y riendas, y galopaban con un bamboleo obsesivo, insultante.

Mira, Vicenzo, ¡la niña también monta en el caballo Pinto!

Hasta que desde Terranova fue a parar a Chor. Pensaron que tal vez allí, en el campo, habría otra oportunidad para el caballo y para Vicenzo. Pero yo tenía más claro el destino que ellos. Sabía lo que iba a pasar. Sabía que, nada más verlo, el caballo iría en busca de Dombodán, aunque todos pensaran que sería al revés.

¡Mira, él no tiene ningún miedo!

No, Dombodán nunca tenía miedo.

No había nada que Dombodán no hubiera hecho por mí.

Lo primero que hizo fue compartir conmigo la leche materna. Bueno, eso fue mérito de Expectación, la madre, la casera de Chor. Nacimos casi a la vez. Yo debería haber nacido antes, pero creo que Dombodán se adelantó para facilitarme la vida. Comba tuvo problemas con la lactancia, no le subía la leche. Y Expectación hizo las veces de ama de cría. Tenía leche para los dos. Siempre contaban que el niño de la casera nunca lloró. Parece que era yo el que siempre reclamaba.

Incluso el día que vino a verme al Pulmón de Acero noté, por la forma sentida de mirar, que si se lo pedía me haría el favor de meterse allí por mí.

Me defendía siempre. No una, ni dos, sino muchas veces. Cada vez que oía «patizambo» o «zancajo», cualquier tontería de esas, se revolvía y podía ser una ametralladora disparando munición de juramentos. Aprendí mucho con él. Cuando me fui a la Universidad, Eliseo me regaló uno de sus tesoros transatlánticos de Terranova, *La musa de la mala pata*, de Nicolás Olivari. Pero yo creo que mi primera musa fue él, Dombodán. Nunca se echaba atrás ante un desafío. Decía: Eso lo hacemos en un virar de la mano.

¡En un virar de la mano!

Por mí, se metió el primer chute en el Palomar de Chor. Aún había vida dentro. Un retén de palomas que mantenían los senderos del cielo. A veces, en casa de Expectación todavía se comían pichones, aquellas suculencias que fueron volviéndose comida de pobres. En la Casa Grande habían desaparecido como naturalezas muertas y vivas. Y nosotros dos, allí en el Palomar, metiéndonos por vez primera por las venas una naturaleza desconocida. Había sido yo quien había traído la heroína y toda la parafernalia, íbamos a hacer el viaje juntos, a que sí, Dombodán, despegar desde el columbario, esa nave olvidada en un remonte de la huerta, pero a mí me pasó todo lo que no debía pasar antes de que me pasara. Los temblores, el sudor. Tuve el mono, el síndrome de abstinencia, antes de chutarme. Y él, con calma, tranquilo, fue por delante para quitarme el miedo.

Un día se quedó fuera, el caballo Pinto, en la era enlosada donde entonces ponían a secar las habas. Era ya final de verano. Días de calor pegajoso. Aquella noche de la infancia estalló una tormenta. Creo que solo yo me acordé del caballo Pinto. Me levanté y vigilé desde la galería. Ahora sí que estaba vivo, en la intermitencia del relámpago, entre la espesura muerta de las legumbres.

El horror con que miramos los restos por la mañana tenía que ver con un miedo desconocido. Una muerte sin cadáver. Una muerte líquida. Pulverizada. Y dos ojos en los que seguía habiendo alguien.

El manifiesto del cuerpo

Yo no sé cuándo se rompió el hilo, pero hubo un momento en que dejé de mirar a mi padre con simpatía. No pasó nada, no hubo, por así decirlo, una declaración de guerra, ni un sentimiento de maltrato. Amaro podía ser huidizo, reservado, o abstraerse de tal forma que se podría confundir con desatención, pero nunca fue despótico en el trato. Se hubiera desprendido del brazo antes que levantar la mano contra nadie. Mientras que en los debates en el interior de la librería Polytropos podía ser astuto, vehemente, apasionado, cáustico, burlón y siempre incansable, todo el cuerpo implicado en el placer de sentir crecer la hierba, de encontrar el argumento giratorio, una chispa en un rincón de la historia, una Piedra Prismática para su pasarela. Ese era el deporte, la batalla del héroe. Pero luego, en la vida cotidiana en Terranova, rumiaba en silencio, o desaparecía en la Cámara Estenopeica o en las fronteras del Laberinto, la Penumbra, la Mobilis in Mobili o en el allende misterioso de la Tierra Escondida.

Yo quería ir en sentido contrario. Para mí, la tierra deseada, la tierra incógnita, estaba al otro lado de la puerta de Terranova. Después de la estancia en el Pulmón de Acero, empezó otra lucha contra la enfermedad. Mi cuerpo había sufrido un ataque bélico. Un intento de destrucción que casi estuve a punto de aceptar. Pero desde la resurrección, todo mi entrenamiento, toda mi estrategia, era conseguir ser autónomo para salir fuera de Terranova y mezclarme con toda esa multitud que nunca entraba en las librerías. Esa gente que entreabría la puerta, miraba y se largaba con cara de haber visto a Lucifer de tendero.

Después de estar en el Pulmón de Acero, hubo un tiempo en que usé muletas. Tuve que aprender a andar otra vez. Hechas a mi medida, en madera, por un carpintero de Chor muy mañoso, perito en escaleras de caracol. Eran ligeras, mis Pies Ligeros. Luego, ya era un muchacho, anduve con zapatos de alzas. Más alta, mucho más, la del pie derecho. Aunque pueda parecer extraño, me costó desprenderme de las muletas, sentía una especie de autotomía, como las estrellas de mar que se desprenden de una parte de su cuerpo a modo de autodefensa. Digamos que, por los movimientos, siempre me sentí muy identificado con las figuras del pintor Bacon. Una serie artística de accidentes unos detrás de otros. Después de mucho adiestramiento, logré un cierto estilo en el andar. Admirado por los niños, los marginales, los inmaduros y los animales, es decir, allí donde la mirada todavía asimila la belleza con lo salvaje.

Tomé conciencia de mi cuerpo. De pronto, me sentí bien con él. Mi cuerpo era en sí mismo un manifiesto, tío Eliseo.

¿Cómo está su padre, el señor Fontana? Macías, el director del Instituto, me había abordado en el pasillo. Me lo había encontrado al salir del aula. ¿O estaba allí adrede, esperándome? Sin aguardar respuesta, me dijo: Quiero que le dé mis saludos más cordiales. Y dígale esto, no se olvide, usted tiene retentiva, lo sé: *Trece perales, diez manzanos, cuarenta higueras y cincuenta liños de vides*. Me obligó a repetirlo. Y dígale también que no nos olvidamos de Polytropos. Asentí, sin conseguir disimular mi extrañeza. Él era muy serio, no torvo, sí sombrío. Pero me decía esto con cierta alegría, con el ánimo de quien recupera un tiempo perdido o hurtado y quiere compartirlo. Y algo debió de advertir, debió de ver que no me entusiasmaba la misión de llevar semejante mensaje a mi padre, porque añadió muy serio: ¡Su padre es un sabio! Una información no solo dirigida a mí. Una información pública. Me pareció que resonaba en todo el centro, que todos los alumnos se volvían hacia mí, sorprendidos de saber que el tullido Pies Ligeros era hijo de un sabio. El señor Macías también tenía fama de sabio. Pero era el director del Instituto, lo que ratificaba esa condición de sabio. Que él dijera que Fontana era un sabio, de la forma en que lo hizo, alzando la mirada en busca de luz, situaba a mi padre en una especie de sabiduría superior, una sabiduría fuera de la enseñanza, indefinida, como si en ese momento fuese pilotando una de esas nubes que veíamos pasar en el cielo por el lucernario.

La imagen que yo tenía de mi padre no cuadraba con la de ningún héroe griego, ni siquiera con la de un héroe local. Era el Hombre Borrado.

Helenio Herrera, el entrenador de fútbol, ese sí que era un héroe, incluso un sabio, le daba mucha importancia al aire, a las técnicas de respiración, y además salía con garbo en las fotos. Hasta llegué a pensar si ese trato de sabio a mi padre, esa tontería de referirse a él como Polytropos, no sería una comedia de la que se estaría riendo toda la ciudad. Y consideré si todas aquellas voces no estarían confabuladas en la chanza y querían meterme en ella, como una especie de títere, y encima impedido. Polytropos y el Cojito. El caso es que me iba distanciando, algo se había roto en Terranova, un témpano de hielo en el que yo me alejaba sin decir siquiera adiós con el pañuelo de llorar mientras nos mirábamos de frente.

Entré en Terranova. Allí estaba él, en el mostrador. Esperaba siempre a que llegase del Instituto, de las clases de la mañana, para cerrar la librería y subir juntos a comer. Tenía una especie de tic. En el momento en que yo dejaba atrás el sonido del picaporte, él se quitaba las gafas, sostenidas por los dedos como una mirada independiente, y tenía la sensación de que me observaban a un tiempo mi padre, con los ojos desnudos y náufragos, y un ser invisible y misterioso que llevaba consigo. Tal vez el sabio, el hombre que más sabía de Ulises. A medida que los demás iban enriqueciendo con nuevos rasgos el retrato, yo iba descomponiéndolo.

Tenía una misión. Traía un mensaje para él. Había venido todo el tiempo memorizándolo como una contraseña: *Trece perales, diez manzanos, cua-*

renta higueras y cincuenta liños de vides. Y no nos olvidamos de Polytropos. Palabra del señor Macías.

Ante él, callé. No dije nada. Apreté los perales, los manzanos, las higueras y las vides entre los dientes y me los tragué. Todavía los llevo dentro. Con sus estaciones. Con sus frutos. Con sus pájaros. Con sus rachas de viento.

Me preguntó si todo había ido bien esa mañana en el Instituto. Asentí. Él levantó la cabeza e inspiró hondo con un goce antiguo: ¡Vamos allá! Hay olor a caldo en Terranova.

El cielo de la catedral
Galicia, primavera de 1974

El comisario se frotó las manos. Yo estaba aturdido y hecho un trapo. Pero él parecía feliz, como quien tiene atrapado a un pez gordo.

Así que el hijo de Amaro Fontana, ¿eh? El hijo de Terranova. Porque aquí, entre nosotros, lo llamamos así, sin más. Terranova. El comisario anterior, aún andará por ahí el viejo, lo apodaba Polytropos. Por astuto, decía, el de las mil mañas. Astuto tiene que ser. El mayor abastecedor de libros prohibidos de Galicia. Debe de estar pasándolas canutas, estará rabioso. Su hijo estudiante detenido. ¿Cómo te llamas? Ah, sí, Vicenzo. Pero no detenido por revolucionario, ni por manifestarse contra Franco, ni por hacer pintadas en un muro pidiendo libertad, ¡qué va! Su hijo está detenido por drogadicto. Por consumir droga, ¡y qué droga!, un ácido. LSD. Un trip, un viaje, se dice así, ¿no? ¿Y dónde arrancó el viaje? ¡En el tejado de la catedral de Santiago! La cosa podía haberse quedado en eso. En un chiste. Loado Sea Dios. No eres el primero en esa fiesta. ¿Por qué lo hiciste? Veamos la declaración otra vez. Declaró que subió al tejado de la catedral por la esquina de la Vía Sacra, entre la plaza de la Inmaculada y la Quintana de Vivos. Preguntado por su impedimento, dijo que lo había hecho ayudado por su acompañante, el a su vez detenido Matías Loureiro Paz, alias Dombodán, y a quien conoce desde la infancia. Que no lo hizo por un desafío ni con intencionalidad de profanar lugar sagrado, ni causar destrozo en monumento histórico, ni ninguna otra intención de daño. Que la razón de ese acto fue, según el declarante, escuchar las campanadas de la Berenguela a medianoche y ver el cielo desde la Cruz dos Farrapos, que la decisión de subir no fue por efecto del alucinógeno ya que el consumo tuvo lugar en el propio tejado. Preguntado por la propiedad del macuto que en el momento de la detención portaba el acompañante, el tal Dombodán, declaró que el talego estaba abandonado en el tejado, al lado de la susodicha Cruz dos Farrapos, y que decidieron llevárselo pensando que estaba vacío, que desconocían por completo que el bolso contenía un frasco con veintidós pastillas de la sustancia estupefaciente conocida como LSD, así como una cantidad aproximada de cien gramos de hachís.

No, no estás detenido por revolucionario. Estás aquí por drogadicto, por insultar a los agentes que os detuvieron en la bajada de los cielos, con frases, eso sí, la mayor parte incomprensibles, ya me explicarás eso de: ¡Huye de la muerte, Quians!, ¡Ponedle las herraduras al caballo de Pegaso! o ¡Arriba las manos, va a caer un ángel! Pero lo peor es esa sospecha de trapichero. Porque ese macuto es tuyo, de mí no se cachondea nadie. ¡El macuto mágico! Pero hoy estás de suerte. Resulta que el macuto está en las manos del paleto, de ese buey de belén. ¿Y qué dice ese lelo? Dice que lo encontró él. Que lo llevaba él sin saber lo que llevaba. Y casualmente llega un abogado que se interesa por los dos, enviado por tu señor padre, y nos viene con ese cuento. El del macuto mágico. Un regalo para el Apóstol de un peregrino de Ámsterdam, o de por ahí, en la Cruz dos Farrapos. ¿Y tú qué dices? No dices nada. ¿Qué vas a decir? Aún doblan las campanas, ¿verdad?

Y ahí dio en el blanco el muy cabrón. Sabía bien de qué hablaba. El badajo de la campana seguía golpeando en mi cabeza.

Estación del Norte
Madrid, otoño de 1975

Llamé. Guardé silencio al oír su voz. Estuve a punto, precisamente ese día, de decir lo indecible. En el extraño pacto de Terranova entre padre e hijo, habíamos acordado comunicarnos solo por escrito. No sé por qué pensé que él no cogería el teléfono. Un error, porque en domingo, día de cierre, era justo cuando él se sentía mejor en la librería, en su reducto de la Cámara Estenopeica, escribiendo un cuaderno, otro más, con el tejuelo de la secreta e interminable obra *Mnemósine in Hispania*.

A punto yo, sí, de la frase criminal. Y no había tomado nada. Ni un Rayo. Esa mañana había sido el funeral del tirano en la plaza de Oriente, y luego había salido el cortejo fúnebre para enterrarlo en el altar mayor del Valle de los Caídos. No nos habíamos movido del piso de los gnomos hasta que llegó la hora de marchar a la Estación del Norte. La salida del Atlántico Expreso coincidía con la caída de la noche. Ya debería haber hecho la llamada, pero la había ido aplazando. Yo, el intrépido, el rebelde lisiado, el conocido como Pies Ligeros, el temerario que subió al tejado a dirigir la sinfonía de las campanas de la catedral de Santiago, era incapaz de llamar. Hasta que me vi en la estación con ella, su sonrisa indómita, la cabeza coronada de alegría por el gorro de lana de colores, la pelliza, el pantalón bombín de botamangas anchas, los botines de gamuza, el equipaje ligero, una maletita y una vieja cartera de cuero, como de escolar, en bandolera. En el andén, la mayoría de los viajeros, gente de rostro contrito, a juego con la vestimenta. Algunos hombres, con el brazalete de excombatientes. Acababan de enterrar a su Caudillo. Pero también, viejos dentro de abrigos nuevos que parecían impacientes por subir al tren.

Marqué, por fin, el número de Terranova.

Sí, y a punto de hacer la peor broma, en el peor momento.

¡Vives de permiso, Fontana!

Esa sentencia había marcado nuestra existencia, pero habíamos acordado ignorarla. Un día al año, nosotros no sabíamos cuándo, pues nunca se repetía la fecha, ni se correspondía con una efeméride ni con los aniversarios de la Victoria fascista, un día, sí, de modo infalible, sonaba el teléfono y si era él, Amaro Fontana, mi padre, quien lo atendía, la voz le soltaba:

¡Vives de permiso, Fontana!

Cada año. Como un agudo clavo.

Pocas veces atendía él el teléfono de Terranova. Casi siempre era Comba, mi madre. O yo mismo. O el tío Eliseo, cuando no estaba en alguno de sus viajes por América o Europa. ¿Por Europa?, repreguntaba el cliente chismoso. Y en Europa, ¿por dónde anda, si puede saberse? Por el cementerio de Père Lachaise, que hay mucho ambiente, cortaba Comba. Volviendo a la llamada fatídica, si no era Amaro quien cogía el teléfono, la voz no decía nada. Se oía algo indescifrable. Si a cada nota musical corresponde un silencio diferente, también, digo yo, cada frase hecha tendrá el suyo, y más aún si se trata de la más humillante amenaza: la que te perdona la vida. Eso tiene un silencio lapidario. Dejaba ese intervalo, después de preguntar: ¿Quién es? El contratiempo viscoso del silencio. El tiempo muerto. Hasta que repetías la pregunta, ¿Quién es?, y entonces colgaba.

Yo sé que mi padre moría un poco con aquella llamada. Cada año, un clavo.

¿Mi padre? ¿Qué pasa con mi padre? Esto es lo que se llama gastar la pólvora en salvas. Tengo ese defecto. O no digo ni mu o soy un sacamuelas. Porque Amaro Fontana está ahí, al teléfono, en Terranova. Yo estoy a punto de disparar por la boca. Decir la cabronada. Poner voz ronca, siniestra, de asesino, y soltarle a mi padre:

¡Vives de permiso, Fontana!

Ella está ahí, fuera de la cabina, en la Estación del Norte. Desde que la conocí, la posición siempre ha sido, y será en el futuro, a la inversa. Ella dentro, con el auricular agarrado de aquel modo, construyendo una máscara con las manos y el pelo, pues no quiere mostrarse, empotrando el cuerpo en la cuarta esquina, la más alejada de mí, en largas escuchas y conversaciones confidenciales de las que nada sabré, y de las que sale más flaca y menuda, y con los ojos rasgados que cada vez se van abriendo más, en una creciente alucinación, lo que da idea de que no solo usa la cabina para hablar sino para ver imágenes, viñetas y secuencias, de ahí su colocación, creando oscuridad con el embozo de las manos.

Me mira. No deja de mirarme. Redondea los labios. Me está lanzando un beso de trinos.

Me había dicho: Mi lengua materna fue el silbido.

¡*Allô*, aquí el Sanctum Regnum!

Le digo, seco: Voy para ahí.

¿Cuándo?

Ahora mismo. Salgo en el Atlántico Expreso.

Mi padre no parecía extrañarse, ni de que le hablase, ni de la comunicación tan atropellada del viaje, con un pie ya en el estribo.

Es lo mejor que puedes hacer, hijo. ¿Te acuerdas del cuento del muerto en el balcón?

Me puse nervioso. Era Polytropos, astuto y charlatán, el que estaba al teléfono. Ella, por su cuenta, se acercó al vidrio de la cabina y se puso a hacer payasadas, hasta acabar con una caricatura de anuncio de pasta de dientes. Si te preguntan cómo soy, me había comentado con sorna, diciles que tengo una dentadura perfecta. Mi padre, mientras tanto, dale que te pego con el cuento, cuento que era verdad, claro, del difunto al que no podían sacar por la puerta, no había manera, el ataúd era muy grande, y entonces decidieron sacarlo por el balcón...

Voy acompañado, le interrumpí.

Terranova siempre será tierra de asilo, respondió sin segundas, con la voz animada de quien disfruta una tregua.

No salía de mi asombro. ¿Por qué había utilizado aquella expresión, la de *tierra de asilo*?

Es una mujer, una chica, dije.

Mejor, respondió. ¿Sabes? Probaron de todas las formas posibles, de canto, horizontal, vertical, pero no había manera de sacar aquel ataúd por la puerta...

¡Adiós! Voy a perder el tren.

Al salir de la cabina, ella contenta, agitando los brazos, vi con claridad que Amaro estaba esperándola. Fue una intuición, un destello de viajero en la antípoda. No se conocían. Era la primera vez que mi padre oía hablar de su existencia. La de una chica que me acompañaba a Terranova. La vi a ella, estoy viéndola. Y lo vi a él. Solo, volviendo al escritorio en la Cámara Estenopeica, abrir el cuaderno y anotar emocionado:

Ella llega mañana.

Y esa intuición que se abre paso en mi cerebro tal vez tenga que ver con el día en que nos encontramos en el café Comercial, cuando el Libro del Mirasol le atrapó la mirada y ella aceptó acompañarme, seguir la conversación, esa era la propuesta, y luego subió al piso, al Gnomar.

Solo hay hombres, dije. Solo vivimos hombres. Hombrecillos. Todos gnomos. Sí, esta es una cueva de gnomos.

Pero la cueva es femenina, dijo ella después de verlo.

Creo que palidecí dentro de la palidez. Yo había oído a mi padre, Amaro Fontana, esgrimir una teoría semejante sobre las cuevas del Paleolítico que contienen pinturas rupestres. Cavidades casi inaccesibles. Bocas escondidas durante milenios. Hendiduras, grietas, vulvas, decía él, para entrar en los vientres de la tierra. Tenían que ser cuerpos adiestrados. Miradas acostumbradas a la oscuridad, aunque usasen teas. Miradas fértiles que preñaron las tinieblas con maravillosas bestias. Manos sublimes. De hechiceras, de parteras, decía él. Y aunque firmaba con seudónimo, el de Polytropos, incluso en el extranjero, cuando lo puso por escrito desató cierta polémica en círculos avanzados del arte y la arqueología.

Fueron mujeres las que pintaron las cuevas, le dije a ella aquel día. Es la tesis de Amaro Fontana. No dije: de mi padre. De Amaro Fontana, como quien habla del difunto Darwin. Mujeres y niñas con don, con especial maestría. Solo hay que ver las manos, el tamaño y la forma de las huellas. En casi todas las cuevas hay manos impresas. Él dice que era su firma. Pero una firma que significaba algo más. Es la técnica de la mano vacía. Ese es, según él, el primer acto de vanguardia. Se ve mejor la mano pintando el contorno que no la mano entera. Y además, esa mano vacía incorpora el misterio. La ilusión de que hay algo al otro lado de la pared.

Y ella se miró la mano. La palma de la mano. Claro que hay algo.

Me sentí a gusto en el tren, con ella enfrente. En unos minutos me pareció que habíamos hecho juntos un largo viaje atravesando fronteras y que habíamos tenido suerte. Ya nos faltaba poco.

Además del revisor de billetes, pasaba siempre un inspector de policía pidiendo la documentación. En el traqueteo amistoso del tren, ese era el único crujido que me intranquilizaba.

Cuando apareció el policía de paisano, ella fue la primera en entregar el pasaporte, esta vez con una sonrisa muy convincente. El inspector se solía llevar los documentos, y solo los devolvía poco antes de llegar a la estación de destino. Tiempo suficiente, si era noctámbulo, para especular con los papeles en la mesa.

¿Estás preocupado?, preguntó ella.

No, estoy muy bien.

Cuando estabas en la cabina sí que estabas preocupado. Te lo noté.

Eso fue cuando me preguntaron si sabías coser.

Ella se rio: ¿Y qué dijiste?

Que habías nacido cosiendo.

De repente se puso muy seria. Me asaltó el temor de que se levantase y se fuese para el pasillo, dejándome solo con los otros dos pasajeros, un matrimonio que traía el funeral del Dictador en la cara.

Pero no. Yo aún no entendía que era una persona que no descansaba en el oficio de sentir, pese a la apariencia de serenidad impenetrable, inmune al desequilibrio, que ofrecía hacia el exterior.

Es cierto. Nací cosiendo, me dijo. Mi madre era costurera, una percalera, de Barracas. Un tipógrafo y una costurera, imaginate. Y también sé atarme los zapatos.

Descolgó el teléfono mi padre, le expliqué. Hacía tiempo que no hablaba con él, ya sabes. Pero me trató como si nunca hubiese pasado nada entre nosotros. Siempre tan parco conmigo, y hoy hablaba por los codos. Estaba empeñado en contarme un cuento.

¿Un cuento?

Sí, un cuento de un muerto, dije en bajito. Un difunto que no conseguían sacar de casa.

¿Y qué más?

¿Y qué más qué?

Ella también, en bajito: ¿Qué pasó con el difunto?

¡Yo qué sé! No le dejé acabar. El tren a punto de salir y él explicándome que no eran capaces de sacar el ataúd por la puerta. Le tuve que colgar.

Estuvimos un rato, ella y yo, tapándonos la boca con la mano, hasta que ahogamos la risa.

Sí que lo sé.

¿Sabés el cuento?

Hace mucho tiempo. Mi tío Eliseo, cuando yo estaba en el Pulmón de Acero, me contaba ese tipo de historias. Una terapia de choque. Abyeccionista, decía él. Sacaban el difunto por el balcón, pero se les iba el ataúd de las manos, caía al suelo y se rompía. No había nadie dentro.

¿Y?

Y no había nadie en el ataúd.

Che, ¿qué pasó con el muerto?

¿El muerto? El muerto estaba agarrado al balcón para no caerse.

¿Giuliana Melis?

Amanecía perezosamente con la lluvia. Ella se pasó la noche en vela, sin pegar ojo. Lo sé porque cada vez que me despertaba la veía leyendo, los ojos rasgados abiertos como una lechuza.

Io sono Giuliana! Y agarró el pasaporte.

Me quedé pasmado. Ella miraba por la ventanilla el mapa fluvial que trazaban las gotas al resbalar.

¿Giuliana? Beatriz, Estela... ¡Tú sola eres una compañía de teatro!

El matrimonio fúnebre se había apeado en Ourense. Estábamos solos, pero aun así me hizo una seña para que callase.

Ya te lo expliqué, dijo en voz baja, enfadada.

No me había explicado nada.

Ya te lo expliqué. Soy hija de inmigrantes tanos. Y en mi pasaporte italiano solo puse el nombre de Giuliana. Beatriz Estela Giuliana, sí, mi madre, que quería ponerme todo el santoral. ¿Y qué?

¡Está bien, no te enfades! Tú para mí siempre serás Dita Parlo, la chica de *L'Atalante,* pero sin ahogarte en el Sena.

¡Qué lindo!, dijo con sorna.

En Coruña nos estaban esperando en la estación. La embajada en pleno de Terranova. Comba, Amaro y Eliseo.

¡Ahí los tienes! Les gusta tanto estar solos que siempre van juntos.

Por fin tenía un nombre para presentarla:

¡Es Giuliana, mamá!

Y Eliseo le pasó un paraguas, uno de los cien: ¡El paraguas cubista! Ella se alzó sobre la punta de los pies y lo elevó como una cometa a punto de ser liberada.

¿Sabés? Cuando era chica me llamaban Garúa.

La Piedra del Rayo

La Cámara Estenopeica, en el fondo del ala Oeste de Terranova, después del mostrador principal, era un cuarto concebido, al principio, como trastienda y oficina de la librería, y de hecho allí se guardaban los libros de contabilidad y la colección de los ISBN, que enseguida aprendí a llamar *Vademecum,* con los tres tomos anuales donde localizar las obras por títulos, autores y temas. Pero, en realidad, era el camarote de Amaro, su escritorio y refugio, hasta su dormitorio a veces, con aquel sofá de color burdeos, ¡*chaise longue,* chaval!, que era para mí una máquina de sueño. ¡Es la orientación!, decía Amaro. Y tenía la sensación de que me acostaba en una barca así llamada, la *Chaise Longue.* Ese fue el hogar que escogió Garúa en Terranova, y nadie dijo que no, tal vez porque allí se había quedado dormida al poco de llegar —se sentó, pestañeó y fue posando, como quien lleva un año sin dormir, la cabeza en el Faro y en la Polar—, o acaso porque allí estaba el piano, absorto, a la espera de alguien.

Garúa tamborileó con los dedos en la tapa del Collard & Collard y Eliseo exclamó: ¡Tú sabes tocar!

Un poco, dijo ella. Sé un poco, sí.

Pues toca ese poco.

Otro día. Otro día tocaré ese poco.

En la Cámara Estenopeica, colocadas a distintas alturas, había una colección de esferas, algunas hechas en la propia Terranova, en aquellos primeros tiempos en los que la librería era también bazar y tienda de disfraces. Por así decir, las esferas orbitaban por allí. En las paredes, las cartas de navegación, los carteles de grandes vapores transatlánticos, las reproducciones de láminas del *Thesaurus* de animales marinos, de las rosas de los vientos, y lo que nunca me cansaré de mirar, el grabado del faro de L'Enfant Perdu, en la Guayana. Pero también algunos afiches de teatro, de los que Eliseo decía que eran, a su manera, náufragos, y así lo parecían, entre sombras, como el del *Retablo de fantoches* de las Misiones Pedagógicas. Una vez dentro, nadie hubiera dicho que el cuarto era pequeño. Tampoco parecía un local cerrado, con paredes, sino una escenografía abstraída, con ese silencio que guarda todo lo escuchado y espera un timbre, una señal para expandirse.

Como ocurre con las risas de la fotografía posada en el gabinete, junto a otras, y al lado de la pequeña vitrina que guarda la Piedra del Rayo.

Se trata de una foto que eclipsa las demás. ¿Por qué? Porque es una foto que se está riendo. Sí, se podían oír las risas. No eran estruendosas. No eran carcajadas. No eran risas a la cámara. Estas risas que fermentaban en la foto y transfiguraban todo. Tan punzantes o más que los rostros del dolor.

Hombres de lluvia aman el sol.

Eso decía, escrito a mano, en el pie de foto.

Y ese era el título del único libro de poemas de Amaro Fontana, impreso en la primavera de 1936, que nunca sería distribuido. Se convirtió en un libro invisible, incluso por deseo propio, pues él jamás se referiría a esa obra. Jamás volvería a la poesía. Corría el rumor de que estaba escribiendo una novela, *La Piedra del Rayo*. Y el rumor hablaba de una obra que mezclaba la investigación histórica y la novela criminal. Él jugaba con aquel misterio, algo, sí, bullía en su cabeza, sería una «caída de la inocencia» en la narrativa vigente, y no quedaba claro si con ello confirmaba o desmentía. Lo que sí quedaba claro era que todo su esfuerzo e interés se concentraban en el ensayo, en investigaciones que encadenaban sorprendentes relaciones por la técnica que él denominaba el Paso de las Piedras Prismáticas, que son las que forman un tipo de pasarela que permite cruzar un río de cierta profundidad. Una de las primeras Piedras Prismáticas, cuando todavía era universitario, se titulaba *El ladrón de ganado,* y trataba del abuelo materno de Ulises. Esa forma de iluminar la *Odisea* con imprevisibles chispazos hizo que fuese leído más allá del círculo de los estudios clásicos. Piezas como *Ironía en el Hades, La flor de loto y la amnesia* o *Los árboles de la huerta de Ítaca* fueron recibidas como textos de vanguardia, una nueva forma de escrutar la historia, como un presente recordado, y que los más enterados vinculaban con la teoría crítica que había florecido en Frankfurt. Y cuando escribió *El Cíclope y el ojo panóptico del poder,* en 1934, artículo en el que hacía una referencia a la amenaza autoritaria en Europa, ya firmó como Polytropos.

Allí estaban tres hombres que sonreían, sí, como chispazos.

En campo abierto, en un día soleado. Pero no estaban de paseo. Estaban zambullidos en el escenario de una excavación, como se podía ver por la intención geométrica de los surcos visibles a sus espaldas. A su lado, apoyadas en una tapia, herramientas para excavar. Nadie diría que vestían ropa de trabajo. Los tres llevaban corbata y jersey de pico. Incluso los botines, en los que recogían los bajos de los pantalones, parecían impolutos. La vestimenta invitaba a pensar en una sonrisa dominical. En una tarea festiva, más que en una obligación. Eran tres compañeros que parecían celebrar un hallazgo extraordinario: el hecho de estar juntos.

Los tres son jóvenes, aunque el del centro parece el más dinámico. El cabello, alborotado y rizo, al viento. Más o menos de la misma estatura los tres, el del centro, así, destaca un poco porque es él quien construye la unión. Abraza por los hombros a los otros dos. Otro detalle que lo hace más joven: él no lleva gafas, los otros dos, sí.

Garúa mira la foto. Es casi imposible ver esa imagen sin sonreír. Es el chispazo. Habría que ofrecer una resistencia sombría para no sumarse. Ella lo hace, está con ellos. Sonríe desde dentro.

El de la derecha, el del traje, es tu padre. Seguro. ¿Quiénes son los otros?

Tardé un rato en responder, no porque estuviese distraído o no supiese hacerlo, sino porque estaba viendo lo que ella no veía, las fotos que hay detrás de la foto, en el mismo marco, pero invisibles. Son dos fotografías. En una de ellas solo están mi padre y el tercer joven. Es una foto de estudio. Muy elegantes, repeinados. El joven está sentado, con las piernas cruzadas, y mi padre, a un lado, posa una mano en su hombro. Del otro lado, un pedestal con flores. Es una foto muy formal, de pareja. Tiene la fecha detrás, posterior a la excavación. En junio de 1936. La segunda es de menor tamaño, pero es una foto de grupo numeroso. Una reunión del Seminario de Estudios. Sobre las cabezas hay distintas señales minúsculas: punto, círculo, cruz. Estigmas del destino. Cárcel, exilio, muerte.

El de la izquierda es Eliseo. ¿No le ves el parecido?

Sí, Eliseo, claro. ¡Ja, mirá esos rulos! ¿Y el otro?

No lo sé muy bien, mentí. Un amigo de ellos. Un tal Atlas.

Lindo, este Atlas.

Garúa tiene ahora en sus manos el bifaz. La Piedra del Rayo.

Ella dice lo que también estoy pensando yo. Lo que pienso cada vez que la miro. Es extraña. Parece y no parece un arma. Parece y no un hacha. Es una piedra hechicera. Para tenerla así en las manos como la tiene ella.

¿Por qué la has llamado de esa forma, Piedra del Rayo?

Será mejor que se lo preguntes a él, a Amaro. Es el experto en piedras.

Y no lo dudó. Salió de la Cámara Estenopeica portando el bifaz no como lo habría hecho yo, sino con la solemnidad de quien lleva algo muy valioso y con el arrepentimiento de haberlo cogido y sacado de su sitio. Antes de que pregunte nada, todas las miradas, una a una, se van concentrando en la Piedra del Rayo. Amaro, Comba, Eliseo, los animales, los retratos de la galería de escritores, el reloj de la República, este último, un regalo enviado desde el exilio, dentro de un contrabando de libros. Lo llamaron así, el reloj de la República, porque estaba hecho para contar el tiempo que le quedaba a la Dictadura. Comba trata de ponerlo siempre en hora, pero no marcha muy bien.

Garúa escuchó la historia del Seminario de Estudios. Nacido con la misma vocación que la Institución Libre de Enseñanza y la Residencia de Estudiantes. Recuperar el tiempo perdido, los siglos perdidos, para el librepensamiento. Ir al descubrimiento de la propia tierra.

Limpiar el país del miedo y de la ignorancia.

¿Quién dijo eso? ¿Había sido mi padre? Sí, había sido él.

Y ella escuchaba conmovida, porque ellos también se la contaban, aquella historia, como si fuera la primera vez tras décadas de silencio. Incluso a mí me pareció un relato nuevo aquello que creía conocer muy bien. Sí que lo había oído, pero con la distancia de quien descubre que es socio de un club al que le apuntaron desde la infancia, con la particularidad de que ese club triunfal ya no existe. Fue borrado. Aplastado. Derrotado.

No me interesaba el club.

No me interesaba el brillante historial de Polytropos, convertido en un hombre borrado.

No quería ser un esclavo de los libros. Los quería para leer, pero mi sueño no era precisamente ser un librero. Me resultaban curiosos aquellos hombres y mujeres que aprovechaban sus viajes de retorno de la emigración, o sus visitas, para traer libros en el doble fondo de la maleta. Admiraba al capitán Canzani, atravesando el Atlántico con su carga poética. Pero me interesaban por lo que tenían de contrabandistas, de clandestinos, de estar fuera de la ley. Los admiraba a ellos, no a los libros. ¡Todo el tiempo reclamando atención! Terranova podría existir sin libros. Comba, Amaro y Eliseo no vivían de los libros, vivían para los libros. La tienda de juguetes, de disfraces. Un ultramarinos. Un escaparate con cabezas de cerdos ensimismados en Carnaval. *O Porco que Voa*. El Cerdo Volante, sí. Un bar. Sí, sería magnífico un bar de marineros. El navy-bar Terranova.

¡Terranova podría vivir sin libros, carajo! El día que dije eso, la blasfemia largo tiempo rumiada, Comba y Amaro hicieron que no oían. Ni siquiera se miraron. Qué fracaso de provocación.

Estaba allí, pero invisible a nuestros ojos. ¡Todo era un descubrimiento!

Y Eliseo, en éxtasis, prendía en el Cierto Punto y ponía la cita, la imagen:

¡Como las espigadoras de Millet! Recogíamos todo, todo el grano que no se veía. Todo a la vez. Etnografía, antropología, arqueología. Y la geografía la aprendíamos andando, con los pies. Como debe ser.

Era el trabajo en tiempo libre. Había algo que nunca se perdían, con permiso o sin él. La Feria de Santa Susana, los jueves, en Santiago. Allí iban con sus cuadernos. Alguna vez con cámara fotográfica. A espigar palabras, no palabras sueltas, sino con su máscara y aderezo. El lenguaje de los gestos. De los silbidos. El sentido de los tonos ascendentes y descendentes. La *regueifa*, el desafío dialéctico y la paz. El regateo y el acuerdo. Incluso ese recurso excepcional del *trasacordo*, una especie de derecho al incumplimiento. En el ajetreo del mercado, el trabajo sonoro y sordo del aire. Amaro anotándolo todo, cada locución, cada dicho, cada giro, refrán, antropónimo, topónimo, hipocorístico, hasta los juramentos, el arte de las blasfemias, dispensando. Absolutamente todo. ¿Qué habrá sido de los cuadernos? Se los comió el moho, el fuego. Robaron y destruyeron muchas cosas. La polilla engordando con los fonemas de Amaro.

¿Y tú?

Yo hice un informe sobre la retranca. *La voluntad dialéctica en el habla popular.*

Creí que era una chanza más de Eliseo.

Comenzaba con la transcripción de una disputa entre dos labradores en Baio, en la feria, en la que oí decir a uno: Siempre respondes a una pregunta con otra pregunta. ¡No me hables como Caín! Me llamó la atención esa referencia tan directa. Todavía más al aludido, que preguntó: ¿Y por qué me dices eso? Entonces el más tranquilo hizo el relato bíblico, donde está el origen exacto de la retranca: «Dios le preguntó a Caín qué sabía de Abel, y Caín, que acababa de matarlo, respondió aquello de: ¿Acaso soy yo el guardián de mi hermano?». Parecía el fin

de la conversación, pero no. El campesino dialéctico no se dio por vencido:

¿Y Dios por qué preguntó a Caín lo que ya
se sabía?

Eso me pareció un remate genial, dijo Eliseo. Así comenzaba mi informe sobre la retranca.
Lástima que no se publicase.

Porque nunca lo escribiste, dijo Amaro.

Amaro destacó enseguida por sus trabajos sobre el simbolismo animal. En la Universidad había
estudiado Lenguas Clásicas. Había hecho su tesis sobre *La memoria de la naturaleza en la «Odisea»*, título
y asunto que consiguió mantener pese a los reparos
iniciales del director de la tesis. Un recelo que a medida que avanzaba el trabajo se fue transformando en
apoyo entusiasta. Enseguida fue incorporado como
ayudante en la Facultad y, poco después, aprobó la
oposición para catedrático de Griego en la enseñanza
media. Uno de los más jóvenes de su promoción.
Amaro ya era en aquel entonces Polytropos, el sobrenombre de Ulises, para sus compañeros en el Seminario de Estudios y en el ambiente universitario.

Amaro era un monstruo, dijo Eliseo. Le daba
a todo. ¡Un polígrafo!

La primera vez que leí eso, como un elogio,
en una publicación universitaria, me entró un pánico terrible. ¿Iba a ser un polígrafo de por vida?, dijo
Amaro. ¡Fontana, el Polígrafo! Santiago sería una
ciudad perfecta de tener un río donde ahogarse. El
Sar, siendo romántico, no da para tanto. Así que decidí firmar como Polytropos. Después, ya dio igual.

Tú fuiste el primero en poner por escrito que, entre sus compañeros, Ulises era conocido como el Pulpo. ¡Octopus! Ese sí que era un buen seudónimo.

Talpa occidentalis, Eliseo. Topos. Esa es nuestra historia. Siempre acabamos siendo topos.

Había escrito, también para el Seminario de Estudios Gallegos, una serie que nunca llegó a publicarse. *El poder menudo: los bichos hechiceros.* Un poder basado en la astucia, la máscara, la simulación, el camuflaje, la seducción, la invisibilidad. El poder de los menudos es, con frecuencia, un poder humorístico, sobre todo en la autodefensa. No fue el hombre el que inventó el hacerse el muerto para sobrevivir. Lo que llaman la tanatosis, la inmovilidad simulada de la muerte, es una estrategia que practican muchos menudos. Hay escarabajos que son muy buenos especialistas. Yo que apenas lo vi reír, rumiando saudades mientras arremetía contra el saudosismo surrealista de Eliseo, en el refugio de Terranova, con lo que más disfruté fue con sus historias de los bichos hechiceros. La luciérnaga, el sapo, el escarabajo, la mariquita, la araña, el caracol, la mariposa, el grillo, la libélula, la mantis...

La mantis, Vicenzo, sabe dónde está el lobo. Si se lo preguntas en francés, *Où est le loup?,* te lo señala.

¿Y él? ¿Quién es el tercero de la foto?, preguntó Garúa.

Podría decir ahora que la piedra latía en sus manos, la piedra como un corazón. Para mí, sí. Para el resto, más. La cuarcita, la ceraunia, el fósil del rayo, lo que fuera, latía. Viéndola, a ella y el bifaz, bullía en el magín una letra, con ese oportunismo de las letras, de las canciones, de los poemas, de las rimas y los ritmos, qué serían sin el oportunismo de la muerte los epigramas fúnebres, los epitafios, las elegías, los salmos, los himnos, las marchas, los blues, los juramentos, los réquiems, *Bye and bye,* qué sería del barco ebrio, ese que un día sería yo, que se acerca al velatorio de su padre, el último velatorio de la Casa Grande de Chor, y allí, ronco, tiene los arrestos de cantarle el himno, ahora me confieso, que me inspiras:

> *Epopoi popoi popoi*
> *Te has dado duro*
> *muy duro*
> *en el Muro de las Lamentaciones.*

¿Quién?

Ese que está con vos en la foto de la excavación.

Y añadió en el abrasador silencio: El más lindo de los tres.

Mis padres, en ese momento, eran de piedra. Eran cuarcita. Eliseo se desplazaba, casi de un brinco, hacia la Penumbra de Terranova. Pero Garúa poseía el don de hacer hablar a las piedras humanas. Tenía el instinto para detectar las zonas de sombra de lo que no se podía decir. Y en lugar de fustigar las palabras, practicaba esa estrategia de ir orillando, sin espantar.

Mi padre le pidió que le pasara la foto. Fue mirando fijamente los ojos de los tres. También los de él.

La letra del pie era suya:

Hombres de lluvia aman el sol.

Él fue quien encontró la Piedra del Rayo aquel día, dijo Amaro. Era un domingo, después de San Juan. Un día luminoso. Una excavación dentro de los trabajos del Seminario. Fue una alegría. Él no era arqueólogo, ni socio, ni colaborador fijo. Era un amigo mío de Chor, un amigo muy querido. Henrique, entre nosotros Atlas. Trabajaba de cantero, y hacía por diez en la excavación. En el verano del treinta y seis, una de las primeras medidas de los golpistas en Galicia fue destruir el Seminario de Estudios. Asesinaron a diecisiete miembros, y treinta y uno consiguieron huir al exilio.

Mi padre miró a Garúa. Sin gafas, sus ojos eran de pez fuera del agua, varado. Yo no quería que hablase. Llevaba mucho tiempo esperando ese momento, oír de su boca la verdad, lo que había y no había de leyenda. Pero ahora que se esforzaba por extraer palabra a palabra con sacacorchos, quería levantarme, abrazarlo, rogarle, implorarle: Guárdalo, guarda ese secreto, padre, es tu propiedad, tu sombra, tu bicho, tu amor.

El tercero por el que preguntas fue asesinado, dijo Amaro. Creo que lo mataron porque me tenían que matar a mí. Pero a mí no me mataron. Mis padres pagaron para que no me matasen. Fue así. Éramos amigos, éramos felices. Y en minutos, en horas, él estaba sin vida. Y yo era un «topo». Él encontró la Piedra del Rayo, pero había insistido en que yo la custodiase. Había una leyenda. Los románticos creían que esas piedras no eran tallas humanas. Habían sido fecundadas por el rayo al penetrar la tierra. Quien tuviese la piedra, protegería a todos.

El trascielo levitabisma

La forma de andar de Garúa era giratoria. Podía ir ensimismada, en otra órbita, pero su cuerpo, sus sentidos, no se distraían. Los pies iban en el aire, por la sombra. Podías hablarle, y a veces no respondía, y yo la dejaba, porque iba a lo suyo, escuchando otras voces, vaya usted a saber, ayudando a construir una escuela para adultos en Villa Zavaleta, a orillas del Riachuelo, en Buenos Aires, sí, para que los viejos aprendan a escribir su nombre, y cuando consiguen escribir ese nombre, ya tienen una ameba, ya pueden empezar a levantar el alfabeto como han levantado la chabola. Y escribir el nombre de su oficio, ¿Oficio?, Sí, ¿qué oficio tiene?, se oyen risas nerviosas, en ningún carné figura ese trabajo, pero es vital para el cuerpo de la ciudad, el oficio de ciruja, el que extrae el metal, el vidrio, el cartón, los trapos, los envases, la comida que no se ha comido, los juguetes rotos, hace cirugía, limpia el cuerpo de la ciudad, y es Víctor, uno de los alumnos adultos, que ya ha aprendido a escribir su nombre, quien va a escribir su oficio: *Soy ciruja*. Y entonces ya puede contar la historia de la montaña, una montaña tan grande, la más grande de toda la provincia, que precisamente se llama la Montaña. Una geografía levantada con la basura de la ciudad. Una gran naturaleza muerta. Y allí es donde confluyen decenas, tal vez cientos de cirujas. Pero a veces no pueden trabajar. Los expulsa la policía a tiros. Y hay quien queda herido de chumbo, un ciruja moribundo, desaparecido en las entrañas de la Montaña.

No, no sé si estará en la villa miseria, en la orilla del Riachuelo.

Parece preocupada.

A lo mejor tiene una cita. A lo mejor va en dirección al bar La Paz, en Corrientes. A lo mejor piensa que no ha sido buena idea esa cita donde tantas veces se ve con las amigas, y ríen y hablan con tanta libertad que ahora está preocupada justo por haber quedado allí. ¿Una impresión de normalidad? No, no ha sido buena idea. Pasa de largo. Mira de reojo. Hay algo raro. Se huele. Nunca volverá allí. Nunca volverá a ver a la gente con la que quedó.

¿Qué me decís?

¿Quién, yo? Nada. Hablaba solo.

Sonríe. Ahora está más relajada. Quizás la cita era en otro lugar. En el parque de Palermo. Allí, en el Jardín Japonés. O en ese rincón del parque que llaman Villa Cariño, ¿por qué será? Tal vez está con un novio, una de esas parejas que están haciendo el amor dentro de un coche.

Voy hilando cosas que ella me dice y no me dice. Cosas que le cuenta a Comba. Y sobre todo lo que habla con Eliseo.

Eliseo comenta entusiasmado: ¡En Buenos Aires todo el mundo lee! Es increíble. En los parques, en los cafés, en los colectivos. Hasta los malevos leen, y los cirujas, desde luego. Me crucé con uno que llevaba en la carretilla una especie de biblioteca portátil.

¿Son para revender?, pregunté.

Son para leer, señor, dijo él.

Tomé un taxi. Me preguntó a qué me dedicaba, y yo dije que era librero y que había venido a aprender a Buenos Aires. Un ciruja precisamente acababa de darme una lección. Eso le gustó, claro. Aquel taxista empezó a hablar de los escritores que había conocido por su oficio. Y me di cuenta de que aquel relato, el del taxista, iba a ser un libro en movimiento. El viaje era el libro y el taxista, por así decir, estaba ya escribiéndolo en el aire para mí. ¿Quién le ha impresionado más?, pregunté. Chascó la lengua tres veces, y dijo: Sin duda, Roberto Arlt. ¿Sabés cómo lo conocí? Me pagó el viaje con una novela. Yo llevaba poco tiempo, era un pibe todavía, y subió ese tipo, bien vestido y desaliñado a la vez, el cabello con vida propia. Al principio pensé que era un músico, uno de esos compositores geniales que arman una sinfonía con una tormenta, eso pensé, era verano, y la noche anterior había sido tremenda, justo se habían caído las vigas del cielo de Buenos Aires, y dije, este también ha caído del cielo, pero no.

Dijo:

Me llamo Roberto Godofredo Christophersen Arlt, nací bajo la conjunción de Saturno y Mercurio, una fortuna astrológica que todavía no me ha sido ingresada. No tengo un peso: ¿podría pagarte con una obra maestra?

Y me dio un ejemplar de *Los siete locos*. La primera novela que leí, ¿viste?, contó ufano el taxista. Le pregunté qué había que hacer para escribir una novela y, cuando esperaba un discurso teórico, me sorprendió por la precisión: Perder quince kilos de peso, fumar ochenta atados de tabaco y tomar tres mil litros de café. No era ningún chalado. Era un reloj con la hora adelantada. Me convenció su tesis de la mentira metafísica. En eso estamos, ¿no?

¿En qué?

¡En la mentira metafísica, che!

El taxista me llevaba a la Avenida de Mayo. Yo entonces dormía en la librería de Sabbatiello. Era una fonda popular aquella librería. Después de la guerra, muchos exiliados hallaban allí un primer refugio. ¡Un lugar hospitalario! El viejo Sabbatiello me recomendaba siempre el rincón de las enciclopedias. ¡Daban buen dormir para un hijo natural de la Revolución francesa!

Eliseo hizo una pausa buscando con la mirada la complicidad histórica de Amaro, que tenía el asentimiento corporal de un remero en tierra. No lo toméis a broma. Lo de «hijo natural de la Revolución francesa» no era una filigrana oratoria del fiscal, sino que surtía un efecto fatídico en los juicios sumarísimos de los tribunales fascistas. Hay momentos históricos en que las palabras tienen plomo, matan. Eso ocurrió aquí, en esta ciudad. No había ningún cargo verosímil. Fusilaron al alcalde y a los suyos, la gente honrada, demócrata, ilustrada, por culpa de una metáfora.

¿Qué es la mentira metafísica?, pregunté.

Imagina que la mentira se convierte en una creencia, apoyada en una supuesta verdad científica. Una síntesis de religión y ciencia. La mentira como única verdad establecida. Pero creo que lo explicó mejor el taxista. Cuando llegamos a la Avenida de Mayo le pedí que diéramos otra vuelta. Aquel hombre era un catedrático. Cada carrera, una lección magistral. No todo el mundo empieza con *Los siete locos.* Eso ya es propinarle una derrota a la estupidez. ¿Y qué pasa si otro día sube a ese mismo taxi un poeta que se llama Nicolás Olivari y le paga al taxista, porque se lo pide él, con un libro que lleva bajo el brazo? Era *El gato escaldado,* me dice el chofer, Aldo, ya sé el nombre. Y yo estoy a punto de abrazarlo, de proponerle ya la gran empresa editora transatlántica. El Taxista de Terranova, algo así.

¿De verdad era Olivari? ¿El poeta Olivari?

¡Sí, che, el mismísimo Olivari con *El gato escaldado*! Y Aldo, el taxista, me confesó: Yo, cuando quiero llorar, pero llorar llorar, nada de lloriquear, sino llorar como se llora en la soledad de una taberna sucia, para ver las lágrimas haciendo surcos de verdad en la piel sucia, pues entonces, cuando quiero llorar, escucho *La Violeta.*

Y nos fuimos a escuchar *La Violeta* a un boliche en Caballito, y como en ese momento no había quien la cantase, cantó Aldo:

E La Violeta la va, la va, la va, la va;
la va sul campo che lei si sognaba
ch'era su gigín que guardandola staba...

Yo pensé en los hilos invisibles, que lo que cantaba mi taxista tano, esa *Canzoneta* de pago lejano que idealiza la sucia taberna, era una pieza de surrealismo saudosista. Paramos a comer algo, una pizza en Los Inmortales. Y luego Aldo, mi taxista tano, dijo: Vamos a saludar al feto de Giribaldi. Sentí que flaqueaba esa Unión Libre que nos había mantenido unidos hasta entonces en el taxi poético. ¿No sería mejor ir a ese café donde tal vez para Oliverio Girondo? Pero también pensé que era un desafío abyecto. Y era cierto. Fuimos a un lugar donde conservaban un pequeño feto en un frasco en ginebra. *Es un feto: junémoslo sin asco; pudo nacer, pudo haber sido un curda.* Aldo tenía en la más alta estima a Giribaldi. Los *Sonetos mugres* habían hecho sublime la roña de Barracas. Pero el poeta no estaba. Ni tampoco en el café Ramos, de los últimos reductos. Ya amanecía. Fuimos hasta la Costanera y Aldo detuvo el coche a la altura de la Casa del Pescador. Quedamos dormidos, yo con la sensación de estar dentro del frasco de ginebra. Y eso seguí sintiendo cuando abrí los ojos y la luz del río de la Plata los hizo pedazos.

Ves, allá a lo lejos, dijo Aldo, por la Línea del Horizonte, por ahí anda Oliverio Girondo. Va solo con su solo yo que yolla y yolla y yolla.

No conozco a Giribaldi, dijo Garúa. Pero gracias a Girondo volví a leer poesía. ¡Qué bien lo pasan las palabras en sus poemas! *De tu trascielo mío que me levitabisma.* Ese verbo nuevo: *levitabisma.* Todo levitabisma.

Creo que me veía un poco fuera de juego. Se acercó y me susurró: Y vos, ¿levitabismás?

Tiene esa forma de andar. Mira hacia los lados. Y de vez en cuando, de pronto, se gira sobre su espalda. Y cuando va en la bici se desplaza también como por el aire, por un cable invisible, la cabeza erguida, hasta que me sorprende con un giro y se mete por un atajo, ¡Eh, piedad con el Aleixado!, desaparece, me espera detrás de la esquina, enfrente de la tienda de discos Portobello.

Uno de los quehaceres que asumió, al llegar, fue el reparto de encargos a clientes.

Hay un coche que nos está siguiendo, me dice. Ya ayer andaba rondando por ahí.

Si ella lo dice, seguro. Yo pensando que su cabeza estaba en Buenos Aires, y venga a seguirla con la imaginación celosa por el parque de Palermo, y resulta que es ella la que está acá, bien acá, ojo avizor.

Pero le dije:

¿Quién nos va a seguir, Garúa? Aquí nunca pasa nada.

El payaso de Borges

Borges estaba allí, sentado en una mesa junto a la ventana en ese café histórico, La Biela, carísimo, que mira hacia el cementerio de la Recoleta y la iglesia del Pilar. Y cerca de la terraza hay un árbol más histórico si cabe, un gomero, su graciosa majestad, una catedral si lo comparamos con la iglesia, pero también humilde, amigable con su piel de paquidermo. Me colgué de la larga rama que llega al linde de la terraza, pero no sujeta con las manos sino con los pies cruzados, una equilibrista en la trompa del árbol elefante, columpiándome con los brazos abiertos a modo de alas: *Lulla lulla lulla-bye!* Y el viejo tuvo una reacción de gaucho, simpática, la de alguien que reconoce un canto. Alzó la mirada hacia el cielo, con la mano de visera, e hizo un giro panorámico como quien sigue el vuelo de un ave. Fue un detalle. No me ignoró, me situó en lo alto, como un augurio. Lo del gesto y el grito no gustó mucho al camarero que estaba vigilando en el límite del dominio, con esa mirada torva que está diciendo: Salí de acá, china. Largate, ponja. Rajá de acá, negra. Todas en una. No me molestés al Prócer.

Y entonces me marqué unos pasos de baile. Un giro de acercamiento, otro de alejamiento. Una voltereta. *Et voilà!* Una reverencia, no de bailarina, sino de bailarín, erguida. Me di cuenta de que él, Borges, me miraba ahora de hito en hito. Decían que estaba ciego, o que apenas veía. Pues a mí, sí. Tal vez a partir de las manchas, como un espejismo en un mar seco. Le dijo algo al oído al camarero y este asintió y se quedó alerta, pero quieto.

Y entonces yo me fui, con una vara en la mano a modo de bengala, imitando lo que mejor se me daba por aquel entonces: andar a la manera de Chaplin, de Carlitos el Pibe. Y cuando me volví para decir adiós, ya no había nadie.

Yo también hice de Charlot, dijo Eliseo. ¿Cuántos años tenías, Garúa?

Era una primavera, la de 1973, en la que iba a cambiar todo. Cumplí mis veintiuno. Las amigas me esperaban impacientes, en la loma. Me preguntaron qué hacía bajo el gomero, y me acuerdo que dije:

Estuve haciendo el payaso para Borges.

Pongo los ojos en blanco. ¡Qué suerte tuvo el viejo!

Y Garúa agarra el paraguas cubista, se pone uno de los sombreros de Eliseo, y se echa a andar como Chaplin, el Pibe, por Terranova.

Al verla pensé: Me empieza a gustar esta librería, carajo.

¿Cómo la conociste?, me había preguntado Comba hablando de Garúa.

Yo creo que me encontró ella, mamá.

Por lo poco que me contó, dijo Comba, tuvo muy cerca las garras del terror. Consiguió huir de Argentina cuando iban a cazarla.

Yo sé y no sé, mamá. Sé que le pusieron una bomba al apartamento donde vivía. Pero esa noche no fue a dormir. Un presagio.

Tenemos que protegerla, Vicenzo. Esta joven está llena de almas. Por algo llegó a Terranova.

Yo lo traté aquí, dijo Eliseo por Borges. Cuando vino a Santiago. En Buenos Aires lo saludé una vez, y se quedó en silencio cuando le dije que era contrabandista... de libros, así, dejé un suspense. ¡Un silencio de Borges! Habría que meterlo en una redoma. Muy comentado en Corrientes: Obtuvo un silencio de Borges. Él fue muy amigo de un amigo nuestro, de Ramón Martínez López, del Seminario de Estudios, que se exilió en Austin, donde fue catedrático. En el verano del treinta y seis tuvo que atravesar el Miño a nado, de noche, para que no lo matasen. ¡Y acabó en Texas! Borges apreciaba mucho a Ramón, porque fue él quien le contagió la pasión por las sagas nórdicas. Precisamente en esa obra que acaba de publicar, *El libro de arena,* hay un relato, «El soborno», en el que aparece Ramón iluminando un enigma del islandés Eric Einarsson. El caso es que me llamó Piñeiro, el filósofo de la saudade, que también estaba casi ciego, solo veía por el rabillo de un ojo, y me dijo: Eliseo, me han puesto de cicerone de Borges en Santiago, un cegato guiando a un cieguito. Y allá me fui yo, con los dos, a tientas por el Pórtico de la Gloria. Borges tocó el pie izquierdo del Apóstol, recorrió las ramas del árbol de Jesé, y dio tres *croques* en la cabeza de Mateo. Doy fe. Lo que no pudo ver ni tocar fue lo que a mí me estremece más del Pórtico: el Cristo que muestra las llagas de la tortura, con el cortejo de ángeles portadores de las *arma Christi,* los instrumentos con que fue ejecutada.

Podrías habérselos descrito, le dije a Eliseo. Él veía muy bien con las palabras.

Sí, pero enmudecí. Yo no estoy libre de miedos. Me dan escalofríos las herramientas de hacer daño. Así que los dirigí por lo que teníamos a ras de suelo. Los monstruos y los demonios. A esos sí que da gusto tocarlos.

El loquero de Dios
Galicia, invierno de 1976

Estaba yo con Arturo Cuadrado. Un acto en el que, por cierto, intervenía Borges, en la librería Alberto Casares. Y toda la gente iba a saludar a Arturo. Todas las minas, quiero decir.

Y es que Arturo era un imán erótico, contó Eliseo.

Luchó en la guerra de España, se fue al exilio, y en Buenos Aires dirigió la editorial Botella al Mar. ¡La de botellas que botó! Publicó un libro sobre nuestro capitán del planetarismo, Ariel Canzani. Le había escrito todos los prefacios, así que el libro se titula *Prólogo de prólogos.* Qué envidia. Yo nunca escribí un prólogo, soy más de colofón. Pues bien. Una vez fuimos de viaje a Tigre. Fuimos en el tren desde la estación de Retiro, tú sabes, Garúa. Y a su lado se sentó una monja. Una trinitaria, me parece. Vestía hábito blanco, con una cruz roja y azul. Yo iba hojeando las novedades de Botella al Mar, con ese estampado de Luis Seoane que hace que todos los libros parezcan buenos. Ese día, los poemas de Dora Melella y un curioso lepidóptero, el *Viaje dentro del viaje,* de Damián Bayón. Yo también, como contaba Bayón, me había perdido para llegar a Velintonia, 3, la casa de Vicente Aleixandre en el lindero de la Ciudad Universitaria de Madrid. Como un arma blanca, el frío del Guadarrama. Pero toda incomodidad se borraba cuando encontrabas la casa, la casita de maestro de piano, decía él, y la mirada azul cobalto de Vicente. Así que pasé gran parte del trayecto con la mente en Velintonia, 3, hasta que se detuvo el tren. Cuando llegamos a Tigre, noté que la situación era extraña, que había un desorden sagrado, pero no lo capté en ese momento. Porque está sucediendo, el milagro, pero no lo ves. Todo era más luminoso. Un brillo risueño en los ojos de los pasajeros. Un fulgor festivo abriendo candilejas en el ramaje de los árboles. La arquitectura alegre de las barcas y de los embarcaderos de madera. El centelleo de grafismos pasajeros resbalando en el río. ¡Oh, hermosura, que excedéis a todas las hermosuras! Etcétera, etcétera. ¿Qué estaba pasando? Iban de la mano. Los dos. Arturo y la monja. Y así hicieron el viaje en el barco. Como novios. En primera línea de proa. Eso lo vi yo con estos ojos que no mienten.

No. Y los ojos de Eliseo no mentían. Todo lo que contaba estaba sucediendo. Como veía ahora la casa de Luis Seoane y Maruxa en Ranelagh, a unos treinta kilómetros de la capital, después de viajar en el Ferrocarril del Sud. Había un campo de golf. Encontró una bola en el suelo, entre la hierba, y anduvo cientos de metros para devolvérsela a los que estaban jugando.

¡Lo estoy viendo!, exclamó Garúa agarrándome del brazo. Mi padre hizo lo mismo.

Garúa que anhela, que implora realidad. Y Eliseo se la da. Es el único que puede dársela. Un lugar profundísimo de la memoria donde suceden las cosas que quieren suceder.

Sí, lo estoy viendo, repitió Garúa, sacudiéndome para que también lo viese. Che, fijate, mi padre también lleva una bola de golf en la mano. Tiene esa inocencia de pensar que los jugadores la han perdido. Porque es algo que parece muy valioso. Para un trabajador, para un tipógrafo, si la tiene en la mano, una bola de golf es algo excepcional. La consistencia esférica. Recuerdo que mi padre dijo eso. La consistencia esférica.

En ese momento pensé que debería existir ese lugar, un sitio llamado Memoria Profunda. Porque ella, Garúa, el puño cerrado, parecía tener en la mano, mientras hablaba, la esfera consistente. Su padre se la había pasado para que sintiese esa perfección. La bola había llegado allí por un golpe marrado, por un desacierto. Si habían dado con ella, había sido por casualidad. Porque la mirada del padre era tipográfica, estaba especialmente dotada para encontrar lo que no saltaba a la vista. Pero ahora el lugar idóneo, el lugar que tal vez había buscado la bola, era el de la mano de la niña.

Mi padre era muy recto, demasiado, dijo Garúa, e hizo lo mismo que Eliseo. Atravesar el campo y acercarse a los jugadores para devolverles la bola: Tomen, estaba en el pasto, como escondida. Una maravilla. ¡Una maravilla esférica!

Ellos, que tenían los bolsillos llenos de bolas, lo miraron como a un loco o un linyera, un vagabundo extraviado en aquella inmensa pulcritud verde.

Por aquel entonces yo dormía en la biblioteca de Chacabuco 955, contó Eliseo. En la Federación. Era tierra libre. En Buenos Aires, una docena de editoriales del exilio. ¡Las minervas no paraban! Por eso enviaron a un grupo de esbirros de la policía política desde España. Siempre se llevaron muy bien. Demasiado bien. Los nazis, los fachas y los gorilas siempre se entendieron. Los milicos estudiaron mucho a Franco, ¿verdad, Garúa? La guerra de España fue la guerra de todas las guerras. Las del pasado y las del futuro. Y si ellos mandan aquí pistoleros, también la Dictadura los mantuvo allá. ¡Como mandó poner hace poco la bomba en Ruedo Ibérico! En el corazón de París, en la calle Latran, 6. Bombas contra libros. Conozco bien el lugar. Allí abracé al editor Pepe Martínez, el hombre que más ha hecho por la democracia en España. Y nadie, casi nadie, sabe de él.

Al hablar, Eliseo era como una ardilla en el nogal. Se desviaba del tronco, iba de rama en rama y parecía que ya no volvería al relato inicial. Pero siempre volvía. Casi siempre.

Sí, en Argentina había un grupo de agentes que tenían su guarida en la embajada. Se infiltraban, espiaban, hacían trabajo sucio. Quisieron ocupar la Federación de Sociedades Gallegas. En España lo habían desmantelado todo y no soportaban esas ínsulas libertarias. La República que la gente llevaba en la cabeza. El país invisible iba y venía en las maletas. Hasta tierra iba en las maletas. Tierra de verdad. Como la que se llevó para las exequias de Castelao. Fue el entierro de un profeta en la diáspora. Él quería descansar en tierra gallega. Pero aquí, en su tierra, mandaban los asesinos, de modo que llevamos la tierra para Buenos Aires.

Pero ¿tú estuviste allí, en el entierro de Castelao?, le pregunté, haciéndome el sorprendido. ¿Cuándo fue eso?

Fue en enero del cincuenta. Lo recuerdo muy bien, pero no, no estuve en el cementerio de la Chacarita.

Uno de los gestos característicos de mi tío consistía en una serie de giros parabólicos con la mano derecha que anticipaban un adagio. En este caso: ¡La muerte es un... *fatto* que no tomo en consideración!

Le gustaba decir *fatto* en lugar de episodio o acontecimiento. Y a mí oírlo. ¡Un *fatto*! Un estallido que libera la atmósfera. Él combatía en cada momento de su vida la tristeza. Decía que era militante del partido de la risa. Pero en esa ocasión, se ensombreció a medida que avanzaba en el relato: El día del entierro de Castelao estuve en un manicomio que llaman el Borda. Fui a ver a un amigo poeta, a Jacobo Fijman. Se pasó gran parte de su vida allí. Quisieron matarlo, fue baleado, padeció cárcel en la prisión de Devoto. Y luego aquel hospicio siniestro. Era una vida muy perra, de trato brutal, de hambre incluso, pero él decía que el loquero tal vez le había salvado la vida. No era un loco que escribía poemas, era un poeta en lucha con la locura: *Se acerca Dios en pilchas de loquero.* Nunca Dios tuvo mejor retrato.

Hizo con la mano el gesto de pasar página, y cambió el tono.

No, en el entierro de Castelao no estuve. Donde sí estuve fue en la Federación, aquel día que quisieron ocuparla. Echamos a los fascistas con chumbos y fierros.

¡Tú jamás has tenido un arma en la mano!, dijo Comba con repentina dureza. Hasta entonces había estado en silencio, como ajena. Nunca era arisca con él. Al contrario, era su mejor oyente, aquella leve e incondicional inclinación de cabeza cercana al hechizo. Pero ese día algo, acaso el *fatto,* estalló dentro de ella.

¿Y tú qué sabes?, dijo él en el mismo tono enojado. Te crees que tienes todo bajo control, lo que es cuento y lo que es verdad. Pues no. Estuve allí, sí. ¡Y tenía un arma, sí!

Yo, de pronto, tuve miedo. En Terranova vivíamos en un sagrado desorden. Y Eliseo no era una isla perdida ni un delfín solitario. Era una viga de oro en esa arquitectura del desorden. Había zonas de sombra. Esa vida escondida era parte de la geografía de Atlantis, 24. Se entraba y se salía sin tener que dar explicaciones. Se hacía, eso sí, sin aspavientos. Éramos bifaces. Se respetaba esa rareza. Incluso el día en que decidí, ¿decidimos?, no hablar con mi padre. El día en que le pasé una nota, el *cablegrama,* con aquella petición de que en adelante nos comunicáramos por escrito:

> *No lo consideres, Polytropos, un acto de hostilidad, pues podemos ser amables y escribir lo que no somos capaces o no sabemos decir.*
> *Firmado: Eumeo, príncipe de los porqueros.*

Lo que pasaba con tío Eliseo es que estaba todo el día abriendo pasos en la frontera de la rea-

lidad. Pero no a la manera de un chiflado. Él hablaba de una penumbra alegre. Decía que se lo había
oído a María Zambrano, cuando la visitó en Italia,
cuando la ayudó en su traslado con los gatos a Francia. Ella se hizo ese regalo, el de poner nombre al
lugar, un país portátil, donde sentirse bien. El de
la Penumbra Tocada de Alegría.

Aquel encuentro con la filósofa María Zambrano, contaba Eliseo, fue una especie de bautis-
mo, una segunda vida. El de Italia fue el viaje de los
viajes. Cuando le preguntaron de dónde venía,
dijo: De donde se nace y se desnace. El primer
día, en la penumbra del piso de Piazza del Popolo,
hablaron de la *Ética* de Spinoza, de Plotino y la
universalidad de una religión de la luz. Ella, por
discreción, no lo dice, no lo dejó escrito, pero fue
él, Eliseo, quien hilvanó la conversación con el hilo
de García Lorca: *Voy buscando una muerte de luz
que me consuma.*

Él había estado en Cuba, como ella, pero unos
años antes. Sí, porque a Eliseo le pagaron el viaje
unos parientes que tenían una ferretería en la calle
Mercaderes. Y tuvo la oportunidad de poder asistir
a aquella conferencia de Lorca, a su vuelta de Nueva
York, en la que conoció también a Lezama Lima.
Lorca fue muy feliz en Cuba. Se largó asqueado de los
Estados Unidos. El único lugar donde se había sentido a gusto fue Harlem, y en especial en un *night club*,
el Smalls Paradise, la cuna del *jazz poetry*. Por allí
andaba Langston Hughes, que luego estuvo en España, defendiendo la República.

Eliseo, de pronto, entró en el Laberinto y fue
al estante del Transatlántico. Venía excitado y mara-

villado, como quien descubre que la trucha pintada en una naturaleza muerta está viva.

Pregonó:

¡*Yo viajo por un mundo encantado*, de Langston Hughes! ¡La Fabril Editora, mil novecientos cincuenta y nueve!

Y aquella trucha, brincando, fue a parar a las manos de Garúa.

Deberíamos habernos quedado allí, en Cuba, dijo Eliseo. Contó que había paseado hasta que amaneció por La Habana vieja, con Lorca, Guillén, Langston y Lezama. Somos olivos, ombúes, sicomoros egipcios caminando en la noche. ¿Quién dijo eso? Qué más da.

¡Estabas en Roma, tío!, le recordé. Estabas con María Zambrano.

Sí, con María y con su hermana Araceli. Pobre Araceli. En aquel viaje, organicé un transporte a España de sus libros, para que se conociesen. Había una ignorancia total. Y además necesitaban aligerar el equipaje. Ya tenían bastante peso que arrastrar por el mundo. Fue María quien le sugirió a su hermana que yo podía adoptar una gatita. Tenían doce o trece y había nacido una camada. Pero la cosa no era tan fácil. Araceli se pasó ese día y el siguiente estudiándome. María la sentía como a una siamesa. Me dijo un día: La llamo en mis adentros Antígona, pues sin tomar parte en la historia fue casi devorada por ella. Araceli quería saberlo todo de mí antes de confiarme la custodia del animal. Un escrutinio del que debí de salir bien parado.

Y al final aparecí con la gatita Antígona en Terranova.

Aquella noche, Comba quiso dar un paseo con Garúa. Las dos solas. No fue una propuesta que llamase la atención. Solían hacerlo después de la cena. Una vuelta por la Marina hasta el castillo de San Antón o hasta el Dique de Abrigo. En esa ocasión, fueron por la Ciudad Vieja. Se sentaron en la plaza de las Bárbaras. A Garúa le gustaba ese rincón. También a mí. La primera vez que estuvimos allí me dijo que aquellas acacias de la plaza tenían algo especial, que estaban al revés, enraizadas en la luna.

Esa vez, al volver del paseo con Comba, me miró como a un extraño.

Tu mamá me habló de Eliseo.

Ya.

¿Ya? Le costó mucho hablar. Y a mí también. Si tuviese que inventar a una persona maravillosa, la haría como él.

Garúa estuvo largo rato callada.

Me sorprendió, yo creía que íbamos a hablar de cualquier otra cosa. Pero va y me pregunta que qué pienso de Eliseo. Y le dije eso, que era un ser maravilloso. Y ella: ¡Qué bien, cuánto me alegro! Es mi hermano. Me decía eso y estaba a punto de llorar. Y tuve que ser yo quien la animase a hablar. Le dije: Comba, vos querías contarme algo y ahora no podés. Dale, contame.

Él tiene mucha imaginación, dijo.

Sí.

Es un soñador.

Sí.

Nunca estuvo en América.

¡En Buenos Aires sí! La estación de Retiro, el taxista de Arlt, la librería Casares, Chacabuco 955, la bola de golf de Ranelagh, la visita a Fijman en el loquero de Barracas, los *Sonetos mugres* de Giribaldi... ¡Yo no conocía esos sonetos!

No, no estuvo nunca. Ni en Argentina, ni en México, ni en Cuba. Aparte de un viaje a Barcelona invitado por el editor Janés, solo estuvo en Portugal. A Lisboa y a Amarante sí que fue. Y es verdad que le siguió un cuervo desde Amarante. ¿Te contó la historia del cuervo? Él llegó y dijo: Comba, hay un cuervo en la puerta. Pensé que era una de sus bromas, y respondí: ¡Pues que pase! Y pasó. Algo hablaba el cuervo, el Desterrado.

Y el barco de Ariel Canzani, con su cargamento de libros, ¿eso existe?

Existe todo. Todo lo que cuenta es cierto. Pero él no estuvo allí.

Me quedé sorprendida, pero no abrumada como estaba Comba. Eliseo me resultaba más maravilloso de lo que yo pensaba. ¡Se había inventado Buenos Aires sin conocerlo! ¡Y La Habana, y Roma! Y fue entonces cuando Comba me contó esa parte menos maravillosa que debía conocer. Que cada viaje de Eliseo a América o Europa era, en realidad, un internamiento en un sanatorio mental. No por loco. Me explicó que lo detuvieron varias veces en redadas policiales por homosexual. Y lo del psiquiátrico era una forma de evitar la cárcel, ¿es así?

Garúa me estaba preguntando a mí.

Sí, es así, le dije.

¿Y por qué tanto silencio? Yo escuchando como ciertas historias de un piantado, y vos siguiendo el cuento.

Ahora ya lo sabes.

¿Qué querías ocultar? ¿Que tu tío es homosexual?

No quería ocultar nada.

Pues entonces no sos muy expresivo con los silencios.

No, no quería ocultar nada, ¡es verdad!

Sentía rabia. No por lo que decía Garúa, ni rabia contra Comba. Sentía rabia contra el mundo. Un asco metafísico contra la mentira metafísica.

Lo que quería, Garúa, es que conocieses a Eliseo interpretado por Eliseo. Liberado de la puta historia. Liberado de las avalanchas de grosería. Aquí, la violencia y la grosería están en las leyes. Homosexuales, rufianes, proxenetas... Así dice aún la ley. Metieron todo en el mismo saco. Primero, una que llamaban de Vagos y Maleantes, y luego mucho peor, la Ley de Peligrosidad Social. Hasta hace nada los enviaban a colonias o prisiones especiales. Volvían hechos una piltrafa. ¿En qué consistía el arreglo? En que antes de ponerse en marcha la instrucción judicial, un médico recomendase su internamiento en un centro psiquiátrico. Y luego, con el informe de que esa reclusión se había realizado, el sumario no iba adelante. Eso, claro, con la comprensión de un juez. Y pagando, por supuesto.

Pero esos loqueros también son terribles, dijo Garúa. El principal de Buenos Aires, el Borda, está en mi barrio, en Barracas. Ese donde él decía que había ido a visitar al poeta Fijman. Yo evitaba esa calle, la Vieytes. Ese loquero era un infierno. Él, Eliseo, sabía. ¿Viste? ¡Ese poema del Dios loquero!

Él no iba exactamente a un manicomio, le expliqué. Iba, pero no iba. En el sanatorio del doctor Esquerdo, en las afueras de Madrid, además de los pabellones de los enfermos había un espacio con chalés donde residía gente como Eliseo. Gente que podía pagarlo, claro. Era una zona, por así decir, de descanso. No podían salir, pero hacían su vida. Había médicos reaccionarios que consideraban la homosexualidad una tara, pero también los había que combatían esa represión. Recuerdo una ocasión en que fuimos a visitarlo, nos dijo: ¡Estoy leyendo cien libros a la vez! Y era cierto. Allí, con aquellas compañías tan especiales, compartía libros que en muchos casos hallaron su refugio final en Terranova.

Íbamos camino del Borrazás, en el Orzán, un bar con una pared de jaulas con docenas de canarios y jilgueros. El local era sombrío de día, y los pájaros preferían cantar por la noche con las luces de neón. Pero acabamos en la Coraza de la ensenada, escuchando el bramido del mar.

La espuma de las olas saltaba el baluarte. Nos salpicaba.

Permanecimos firmes, de la mano.

El mar decía todo lo que yo quisiera decir.

El Confidente

Su iniciación en Terranova había sido cómica. Nadie podía pensar que era un cabrón. Nadie lo pensó, de hecho. La opinión general lo consideró un pelma ilustrado.

Todo ello, en buena medida, por la historia de John Deere.

Los libros lo volvían loco. De eso no había duda. Venía todas las tardes hasta el cierre de la librería. Los sábados, el día entero. Se metía en el Laberinto Mágico, un topónimo del ala Este de anaqueles de Terranova, que Amaro bautizó así en honor al exiliado Max Aub, y podía pasarse horas rebuscando en cada volumen. En ocasiones compraba, otras muchas, no. Lo que hacía siempre era tomar notas en el cuaderno, de los libros que veía y de aquellos de los que le habían hablado. En especial Eliseo, que cometió la imprudencia de presentarse no solo como uno de los fundadores de Terranova, sino como contrabandista internacional de libros. Otra de sus humoradas.

Trabajaba de profesor, dijo, en academias privadas y dando clases particulares. Pero su gran vocación, desde «antes de aprender a escribir», era ser escritor. Para demostrarlo, en la segunda visita se presentó con una carpeta azul en la que llevaba el original de su primera novela, *El crimen de Jalisco,* un verdadero *tour de force,* pues se trataba de la primera novela de serie negra escrita en Galicia, pero con escenarios internacionales.

Firmaba John Deere.

La novela estaba basada en hechos reales. Se había hablado mucho del crimen de Jalisco, un oscuro personaje a quien, después de haber matado a dos mujeres, le cayó una condena muy corta y acabó desapareciendo. Los hechos ocurrieron en Mera, cerca de A Coruña. Se decía que una de las mujeres había sido agente de la CIA, y su variopinto historial incluía el puesto de secretaria, y se supone que espía, del líder galleguista y republicano Castelao en su estancia como exiliado en Estados Unidos.

El asunto está muy bien, comentó Eliseo cuando John Deere no estaba presente, pero lo de este hombre no es literatura. ¡Es tractorismo!

Durante mucho tiempo, intentó que mi tío le escribiese un prólogo para la primera edición. La publicación de *El crimen de Jalisco* era inminente. Una inminencia que duró años. Hasta hoy.

Eliseo se disculpó:

Estoy incapacitado para los prólogos. Me llevaría siglos, como el Génesis en la Biblia. Y tampoco me pida un colofón. Mi colofón soy yo. Ya está registrado.

El Confidente se quedó desolado. Me pareció que la carpeta en la que llevaba el manuscrito con la firma John Deere había envejecido de repente. De la familia de las carpetas portadoras de obituarios y decesos del Ocaso.

Siga mi consejo. Un prólogo es irrelevante. Además, en la gran obra criminal es un obstáculo.

Un falso cadáver. Un bulto en el que tropieza la puerta que ha de abrir el lector. Usted posee la mejor cualidad de un autor de la criminal, ese tesón, esa constancia de escritor, digamos, tractorista.

Él notó algo en la mecánica de la respuesta, el sonido sutil de la ironía: ¿Cree que debería cambiarme el seudónimo?

De ninguna manera. Ya me gustaría a mí haber dado con él. Un nombre tan carismático es importante. Eso sí, un consejo. Escriba de lo que sabe. ¿Por qué no cuenta su historia?

¿Mi historia? ¿Qué historia?

La suya, dijo Eliseo, de repente y con una seriedad poco frecuente en él. Usted conoce los misterios de la ciudad. O tiene fuentes para enterarse. ¿Para qué nos vamos a engañar? ¿No le parece? Pues meta todo eso, la historia oculta, lo que no se puede decir. ¡Abra diligencias!

¿Quién es el protagonista?

¡Usted! La voz de la niebla. Una niebla con sabor a sal.

El Confidente miró hacia la calle. En los reflejos de los escaparates se veían movimientos de autos y personas cubistas. Luego miró hacia el suelo. Su proverbial comentario: el mejor suelo de la ciudad, baldosas polimorfas, polícromas, con decoración de peces. *Art nouveau* atlántico. En esta ocasión ningún comentario. Estaba dándole vueltas a lo de la niebla salada. Se notaba que le gustaba.

Me matarían, dijo de súbito.

No sonó a cliché cinematográfico. Ni siquiera a salida irónica. No estaba, o no me parecía, muy dotado para ese arte. Era más bien simple. Y preciso.

Para eso sí que estaba dotado. Para una precisión incluso melindrosa y antipática. Por ejemplo, el traer anotadas las erratas de un libro, punteadas a lápiz como cagaditas de mosca.

Todos al acecho. También la perra Baleia, los gatos y el difunto Falstaff, el loro. Los animales son muy proféticos.

Sí, me matarían.

Tal vez seguía metiendo en el buzón de urgentes de Correos sus informes mecanografiados. Quizás, en algún lugar, en alguna oficina disimulada como gestoría o inmobiliaria, algún oficial de Inteligencia seguía recibiendo sus informes, los que en la imaginación de Eliseo formaban parte del *Expediente Terranova*. Allí estaría toda nuestra historia. Cosas que ni nosotros mismos sabríamos sobre nosotros. Cuando me planteaba esa hipótesis, la posibilidad de que John Deere siguiese enviando los informes confidenciales, lo que sentía era curiosidad. Durante muchos años había sido asco. Cada vez que abría oblicuamente la puerta, con aquel perfil de caricatura, todo oblicuo, la mirada, la nariz, la forma de hablar. Sí, también la forma de hablar. Sin quererlo, tantos años de fingimiento, había ido adoptando la caricatura de su función. Garúa se dio cuenta nada más verlo. Se acercó a mí con discreción y dijo en un murmullo la más precisa definición que nunca había oído del oficio de infiltrado:

Ese pescado turbio es un alacrán.

Ya sabíamos todos que John Deere era un delator. En Terranova era tratado como si fuese un cargo oficial, como cónsul o algo así. El Confidente. Lo asombroso fue cómo Garúa lo detectó en cuanto él entró por la puerta. Goa, que se había incorporado a la casa como cocinera, después de conseguir librarse de un burdel del Campo de Artillería, lo había identificado por el olor. Un día, con toda naturalidad, dijo:

El tuerto ese de la gabardina es un falso. No es profesor ni nada, como dice.

¿Y tú por qué lo sabes?

Porque no huele a profesor.

El Confidente estaba muy cambiado. Venía con barba. No muy larga. Como una primera barba. Una pelusa, incluso con un tono rojizo, en un rostro de viejo en el que las gubias del tiempo que operan sobre él ya no buscan nobleza o vileza, sino asombro o dignidad ante la caída. La mirada que siempre me pareció o estúpida o maliciosa, sin término medio, ahora tenía esa fuerza de carácter de ser consciente de la desgracia y al mismo tiempo estar en desacuerdo con ella. Hacía meses que no se dejaba ver mucho por Terranova. Y su paso era furtivo. Saludaba a mi padre sin entablar conversación. Y el saludo era diferente. Sin el halago hipócrita, aunque los labios y las manos conservaban aquella flacidez gomosa. Eliseo, que se relacionaba con él en una dimensión absurda del lenguaje, lo que no dejaba de causarle cierta diversión y goce, sostenía que su alejamiento se debía a un sentimiento de culpa.

¡Será de absurdo!, exclamaba mi padre. La historia se abisma delante. Y son los peones como él los que viven más el estupor. Él era una hormiga acarreando informes para la eternidad. De repente descubre que esa eternidad es carne putrefacta.

Todo eso está muy bien, decía Eliseo. ¡La historia abismada! Pero, para lo que viene, vete poniéndole el tango *Cambalache*.

Esta vez se notaba que no venía a espiar, que ni siquiera lo hacía, lo de la visita, por rutina de servicio. Traía una misión. Venía a hacer pedidos, con los títulos ya anotados. Poesía. Solo poesía. Qué extraño.

Eran dos notas:

La realidad y el deseo, de Luis Cernuda.

La segunda nota que me pasó me dejó estupefacto:

Poemas. The End.

La música de *The End* retumbaba desde algún lugar de mi propia Tierra Escondida, un badajo que golpeaba a lo largo del hipocampo. Él interpretó mi silencio como desconocimiento. Era una selección publicada por Visor. Un acontecimiento. La había leído.

Es una antología de poemas de una norteamericana, dijo. Mi hija me aseguró que sí, que existe.

Yo estaba sentado en mi artesa, una mesa traída de Chor y restaurada en la que antes se guardaban la harina, la masa del pan o los quesos, y que para mí ahora tenía el sortilegio de una cerradura de la que yo tenía la llave. Me levanté sin mirarlo, sin responder. La voz se negaba a hablar. Una decisión de todo el aparato fonador articulado. Nunca había cruzado ni media palabra con él. Tampoco quería. No disimulaba la grima que me producía, no por el hecho de ser un soplón, o no solo por eso, sino por esa envoltura pegajosa de hombre culto. Me molestaba que tocase los libros, sentía lástima por ellos, como si estuviesen en manos de un pederasta, me indignaba cuando los traía sobados, anotados, subrayados, y buscaba, provocaba la polémica, justo cuando a la caída de la tarde se acercaba lo que Eliseo llamaba la gente de Thélème, la abadía de *Gargantúa,* la de *Haz aquello que deseas,* y en el crepúsculo de Terranova había por lo menos una atmósfera de *Di lo que quieras.* Y él no dudaba en presentarse y mezclarse, a veces, sin inmutarse ante la alusión de Eliseo: ¡Vaya, llegó la Nada llena de errores ortográficos! Y él respondía: Ya está don Eliseo con sus indirectas. A mí me enfurecía que penetrase en el Laberinto Mágico, en las zonas de Mobilis in Mobili, Transatlántica y Penumbra. Él husmeaba y husmeaba, y suspiraba por Tierra Escondida. Pero no eran su misión los registros. Él, al fin y al cabo, también era un escondido. Registros vaya si los hubo. Y varios, llevados a cabo por miembros de la Social, esbirros del franquismo. A veces pensé en seguirlo y golpearlo con la Piedra del Rayo. Lo siento, un accidente. Se le cayó encima una biblia del anaquel.

Fui a buscar *Poemas. The End,* la antología de Emily Dickinson. Estuve a punto de decir que no, que no había, que se había agotado, era una traducción muy esperada, no había nada, mire usted, casi no había nada en castellano, en España, desde los tiempos de Juan Ramón Jiménez. Qué maravilla, qué lucidez la de este hombre, no fiarse de nadie ya antes del exilio, esa especie de alergia militante, de cordón higiénico. Y menudo valor hay que tener para escribir un libro como el de *Platero*. Bueno, pues resulta que él era de los pocos que sabían de la Dickinson. Porque Juan Ramón Jiménez era, a su modo, una Emily, hay que decirlo. La gente puede dividirse en quien siente demasiado y quien siente demasiado poco. Y luego están los que sienten todo. Algunos están ahí juntos, en la Penumbra. Para mí son cuerpos entrelazados. Los poemas de *En las moradas de la muerte, España, aparta de mí este cáliz, Cuaderno de un retorno al país natal, Sombra do aire na herba, Poeta en Nueva York, Mundo de siete pozos...* Son cuerpos que hay que alejar de la mano predadora. Como están los que llegan para un destinatario que no los ha pedido, que no sabía de ellos, pero que uno, al ver el libro, sabe para quién viene, quién lo va a abrir, quién es abierto por él, por el libro. Se ve por la forma en que lo abre, con miedo a que se estropee la piel, a que se descosa, a que se caigan las hojas secas y se las lleve en un torbellino una racha de viento, siempre agazapado en la esquina de Atlantis con Far. Algo así debió de ocurrir con el libro de Emily y la hija del Confidente.

Estuve tentado de ir y decirle que no. Cuánto me dolía venderle aquel libro a aquel tipo bilabial oclusivo sordo. Yo miraba el libro y él a mí. Con lo bien que estás ahí, Emily, vestida y consumida de luz en tu Cámara Estenopeica, en la habitación de tu casa de Amherst, escribiendo versos que enjambran de amor para tu cuñada, tu amor secreto. No te muevas. Te protegeré. Te quedarás ahí hasta que nos llamen.

Pero entonces oí a mi madre, que hablaba con el Confidente. Ella, la diplomática. Ella, tan generosa, que hasta le concedía el privilegio de bromear con su edad, la de ella: Yo, como Agatha Christie, me casé con Fontana por su afición arqueológica; así, cada año que pasa le intereso más. Pero hoy no. Hoy no bromea. Hablan ambos en un tono casi cómplice, casi doliente. Cómplice, doliente.

Está muy mal, dice el Confidente, ya no nos dan ninguna esperanza.

Siempre hay que tener esperanza, insiste ella amable, y posa su mano en el hombro de él, inaudito, como haciéndole una transfusión de esperanza.

Ya solo tengo una esperanza, dijo él, desolado. Que sea rápido. Sin dolor.

Y el libro saltó del anaquel a mis manos.

El libro ya sabía lo que luego me contó Comba. No es fantasía. Hay libros que acuden.

Aquí tiene, señor Estrada.

El Confidente alzó la mirada hacia mí y me escudriñó con extrañeza, como quien se da de bruces con su propio nombre después de pasar mucho tiempo sin haberlo oído.

Antes de marcharse, fue a ver a Comba. Era ella quien lo tenía para todos. Tiempo. Regalaba tiempo de atención. Sin escatimar. ¿Por qué no pones un confesionario?, decía mi padre. Eran muy diferentes, pero en ese arte me recordaba mucho a Expectación, de Chor. Podía ir con una pila de ropa pesada como un quintal o con una montaña de hierba encima de la cabeza, pero ella se paraba y se ponía de palique sin preocuparse por el tiempo, y uno trataba de seguir el hilo, su boca emitiendo en tonemas ascendentes y descendentes información esencial y con voluntad de estilo, las manos interpretando y dibujando subtítulos, qué angustia aquel peso, qué sufrimiento. Y era ella, Expectación, la que se preocupaba: ¿Qué tienes, andas atascado? No, qué va. ¿Has comido? Sí, sí. Pues entonces estás cosido. Comes y no engordas. Y se iba murmurando: En esta casona, por no tener no tienen ni hambre. Mi padre era todo lo contrario. Atravesaba el día como quien lleva tapones de cera en los oídos. Tenía que estar muy interesado en un asunto para pararse a escuchar. Y aun así, rezongaba: Acabo de perder cinco siglos hablando cinco minutos con esa eminencia. Una noticia del pasado, según Eliseo: de joven, su vicio era hablar. La guerra le arrebató esa alegría. En algún momento, entre él y Eliseo hicieron una transfusión.

¿Un café? ¿O prefiere un Campari? También puede haber algo de whisky, Amaro es más de whisky. Así que el Confidente, ahora que la Dictadura estaba en el ocaso, entraba por fin en el santuario. En nuestra Cámara Estenopeica. Tantos años acechando, y ahora era recibido por la dueña de la Escucha y la gata Antígona en su mecedora. Comba cerró la puerta.

Pasó mucho tiempo. Empezamos a compartir señales de intriga. ¿Y si el Confidente, con su máscara afligida, llevase dentro un criminal rencoroso? Si asistía al desmantelamiento de su mundo,

¿no querría arrancarle el corazón a Terranova? Se
habían cometido atentados. Los Guerrilleros de
Cristo Rey habían lanzado contra el escaparate cóc-
teles molotov en dos ocasiones. Él, en esos casos, había manifestado su disgusto. Incluso llegó a decir
que se sentía parte de Terranova. Me gustó la inter-
pretación de Amaro, recuperando el humor, en familia: Debemos considerar al Confidente como una
propiedad del patrimonio histórico de Terranova.

Cuando al fin salieron, él se fue con prisa,
oblicuo, en una despedida de intención invisible.

Después de cerrar la librería, Comba nos
convocó en la Cámara Estenopeica.

¿Un Campari?, pregunté con sorna, pero nadie me rio la gracia.

Su hija tiene cáncer, dijo Comba. Y el tratamiento tuvo el efecto contrario al buscado. La dejó
sin defensas.

Hizo una pausa. Un breve duelo. *The End.*

Me ha contado algo más. Algo muy grave
que nos atañe. Está en la ciudad un agente argentino, un individuo de la Triple A muy peligroso, un
tal Almirón, un asesino. Tiene cómplices en la policía española. Vienen por ella, por Garúa. Lo sabe
de buena tinta.

El Seis Luces

Llovía para nosotros. Para los que estábamos al acecho tras los cristales. Una lluvia de gotas lánguidas, más proclives a planear, a pasearse por los paraguas, las cabezas y los hombros, que a caer en el suelo. Un orvallo que hacía el día más lento. Y todos los movimientos de la calle. También el del coche verduzco, un Seat 1430, que aparcó justo delante de Terranova.

Le hice un gesto a Comba para que enviase el elevador con el libro acordado. Uno de Mirasol. Un aviso, un soplo.

Mi padre llamó por teléfono. Sé a quién llamaba: a Verdelet. Le costó dios y ayuda. Marcó cada número en el dial como una órbita a su alrededor. No es solo por ella, le había convencido Comba, es por todos nosotros. ¡Acabarán con Terranova!

Allí estaba yo, haciendo como que colocaba los libros. De espaldas a la puerta. Entraron tres. Delante, de gabardina, Pedrés, el inspector de la Brigada Político-Social, seguido de un desconocido, corpulento como él, con bigote y barba recortada, de traje gris y corbata negra con un pisacorbatas que resplandecía como una condecoración. En la puerta, de guardia, Cotón, la pareja habitual de Pedrés. El Cóncavo y el Convexo, decía Amaro.

Los dos, Pedrés y Cotón, eran quienes se presentaban para hacer registros. A veces al tuntún, por intimidar. Otras, venían a tiro fijo. Su presa en los últimos años era sobre todo Ruedo Ibérico, los libros y los cuadernos que se imprimían en París. Pero esos eran también los huéspedes más protegidos de Terranova.

Y uno de sus protectores era Pitts.

¿Alguien sabe si quedan ejemplares de Pitts?

El libro de Robert Franklin Pitts. *Fisiología del riñón y líquidos corporales.* Teníamos un cargamento de una edición que había venido de México. Era muy solicitado por los médicos, incluso desde otras ciudades. Habían llegado por casualidad, para disimular el verdadero envío. Nuestros *clásicos* mexicanos eran León Felipe, Max Aub o Luis Cernuda. Mi padre mostraba también, como una santísima trinidad llegada de México, las *Obras* de Antonio Machado, la obra completa de San Juan de la Cruz, encuadernada en piel, y *El matrimonio del cielo y el infierno,* de William Blake. ¡Eh, aquí tenemos a Whitman, traducido por León Felipe! La última maleta con obra de León Felipe fue la que trajo Alexandre Finisterre. Poeta y editor, se pasó gran parte de su vida intentando que el mundo reconociera su patente de inventor del futbolín, el juego que había ideado cuando estaba convaleciente en un hospital de guerra en Cataluña. ¿Por qué no volvió León Felipe?, le preguntó mi padre. Lo dábamos por hecho. Él contó que iba a volver, que ya estaba en el aeropuerto, y dos horas antes del despegue, se levantó y dijo: ¡Me quedo aquí! Por pocos días, su comitiva fúnebre podría haberse cruzado con las familias desesperadas que andaban en busca de sus hijos, estudiantes muertos o desaparecidos por los militares en la matanza de Tlatelolco. Cuando ocurrió, pensé que León Felipe era uno de ellos, de los estudiantes masacrados. Y fue como si el cadáver murmurase esa idea que lo obsesionaba: Nos tienen siempre localizados.

Eliseo tenía en mucha estima a Finisterre: Es mucho más surrealista su vida que sus poemas, yo no es que confíe siempre en él, pero confío en su fantasía. Eran tantos hermanos que decía que de pequeño se había alimentado con la luz. Luz masticada con la isotónica del mar. Y esa verdad estaba en sus ojos. Decía Comba: Es su única posesión. La mirada.

El Pitts, con su riñón y los líquidos corporales, protegiendo, como falsa cubierta, criaturas clandestinas. Incluso falsas cubiertas de libros de ministros franquistas, como *El crepúsculo de las ideologías,* de Fernández de la Mora, u *Horizonte español,* de Fraga Iribarne, reimpresas en el taller amigo de Helena, cobijaban obras malditas de Ruedo Ibérico. ¿Quedan crepúsculos? ¡Marchando un horizonte!

En una ocasión, allá por 1966, habían llevado a Amaro a comisaría para interrogarlo.

Pedrés, que tenía merecida fama de torturador, era de frases estereotipadas: Para hacer una tortilla hay que romper huevos. Querían saber, sin romper huevos, quién estaba detrás de los seudónimos de Santiago Fernández y Máximo Brocos, que habían coordinado para Ruedo Ibérico el *Galicia hoy,* un informe crítico capaz de enfurecer al ministro de Información, dispuesto a romper por eso docenas de huevos.

Amaro les había dicho que ni por las buenas ni por las malas. Que no sabía. Era consciente, dijo, de que un poder enojado podía matar a alguien por un verso, y se anticipó a citar a Stalin: él mandó asesinar a Ósip Mandelstam por un poema.

¿Por un poema?

Por un verso.

Carajo.

Sí, era consciente de ello, pero él no tenía ni idea de quién estaba detrás de esos seudónimos.

Cuando volvió, contó que todo el tiempo, durante el interrogatorio, se había concentrado pensando en Pitts. Debería haber leído ese libro. Iba a leerlo.

Ni Pedrés ni el hombre que lo acompaña parecen tener prisa en la incursión en Terranova. Miran los retratos de la galería de escritores. Colgadas en la pared hay también frases enmarcadas, algunas anónimas y otras con referencia al autor. Uno de los cuadros es diferente del resto. Un texto más largo, mecanografiado. El desconocido se acerca a leer. Parece que le interesa. Al acabar, se ríe y avisa a Pedrés. No, él no había leído eso. Va a verlo.

El hombre tiene necesidad de determinadas calorías para subsistir. ¿Y cuál es esa cantidad? Pues sencillamente, 3.000 al día. Se entiende, pues, que un hombre adulto, sano, llevando a cabo un trabajo físico corriente gasta en las 24 horas unas 3.000 calorías. Y aquí viene un hecho curioso: el trabajo intelectual consume poca energía. Se ha dicho y con

razón que el esfuerzo para leer y entender un libro
reclama menos dispendio energético que el consumi-
do en el esfuerzo muscular para sostener en las ma-
nos ese libro. En prótidos, en lípidos y en glúcidos.

Domingo García-Sabell
Notas para una antropología
del hombre gallego, 1966

Aquel texto estaba allí porque Amaro lo consideraba una loa genial del libro, haciendo de él un objeto irónico. Una Piedra Prismática de calidad. Eliseo y él habían convencido al capitán Canzani, en su última estancia, de que debería figurar como un anexo al manifiesto vanguardista del planetarismo. Era un texto que lo ponía de buen humor. Que lo hacía reír.

Pero ahora observa impasible cómo Pedrés y el grandullón barbado son los que están riéndose. Hacen alguna chanza. Giran, cambian la expresión, el rostro recupera su carácter. Pedrés le hace una seña a Cotón, el de la puerta. Ahora, en la acera pueden verse agentes uniformados. Los grises. Cotón les hace una señal a su vez y ellos se colocan en el exterior, cerrando el paso.

¿Qué está pasando, inspector?, pregunta Comba.

El establecimiento está cerrado, señora. Vamos a proceder a un registro.

¿En qué país estamos? ¡Usted no puede cerrar una librería!

Cuando se sospecha que en la librería hay una terrorista, sí.

Hay una lámpara en el techo con una mirilla disimulada. Un ojo secreto para que Garúa vigile. Incluso, llegado el momento, todo está dispuesto para que pueda fotografiar. El cuarto del primer piso, donde se encuentra junto con Goa, está reforzado por una tranca. ¿Eliseo? A saber dónde está Eliseo. No soporta la brutalidad. Ni la física ni la que se ejerce con el lenguaje. Un día, subiendo por las escaleras de la buhardilla, se encontró con un ratón, uno de esos roedores que andan ratonando, como dice Comba, los libros de botánica, y lanzó un grito de sorpresa. El ratón se murió del susto. Eliseo lo miró con la esperanza de que estuviera simulando su muerte, el recurso a la cataplexia en la lucha de las especies, tal vez hubiese roído un trozo de Menéndez Pelayo, pero no. Lo movió con la contera del paraguas y comprobó que no, que se había quedado tieso de verdad. Y fue un drama para Eliseo. Bajó junto a nosotros, blanco como la cera, se sentó, no le llegaba la camisa al cuerpo, petrificado, como si hubiese pillado el aire del muerto. ¿Qué ocurre, Eliseo?, preguntó Comba. De un grito ¡maté una vida!

¿Terrorista? ¿Una terrorista en Terranova?

Amaro miró el reloj de pared y luego el de pulsera. Alternativamente, muy despacio. Una acción lenta, pero acción, que desconcertó a Pedrés y a su colega. En una situación así, los relojes suelen significar algo.

En la mirada de Comba se notaba que se había sacudido el miedo durante muchos años. Se encaró con ellos:

Hace tiempo, ya llovió desde entonces, Pedrés, cuando yo era joven, dos grandullones como usted y como este se presentaron en la calle Sinagoga, donde vivíamos, donde mi madre, viuda, se ganaba la vida cosiendo, y pusieron la casa patas arriba. ¿Por qué? Porque buscaban a dos peligrosos bandoleros, eso dijeron. ¿Y quiénes eran los bandoleros? Uno era este, Amaro, mi marido. Y el otro mi hermano. Usted conoce a Eliseo, ¿verdad, inspector?

Comba preguntaba, con terquedad, vehemente, sin acoquinarse, pero el inspector Pedrés tenía por regla de oro no admitir preguntas. Otra de sus frases de fábrica, célebre entre los interrogados por él: Una vez que entras en este cuarto, para ti se acabaron los porqués.

Así que su respuesta fue desentenderse de Comba y gritar:

¡La zona está rodeada, que nadie haga el tonto por los tejados!

El desconocido se mantenía en silencio e inexpresivo. Nació una noche sin luna, pensó Comba. Supuso quién era. El cazador. Estaba al acecho, mudo, sin pestañear. Se crecía por dentro. Iba pareciendo cada vez más grande. Su único signo de impaciencia fue llevarse el pulgar al pisacorbatas y frotarlo como quien da brillo.

No vuelvan a preguntarme por la orden de registro, dijo Pedrés. Tenemos permiso para actuar en caso evidente de peligro de fuga de un elemento peligroso. Y este es el caso.

¿Qué caso?

Páseme esos retratos, Rodolfo.

En silencio, el desconocido metió la mano en el bolsillo y le pasó unas fotos.

Usted también, acérquese aquí. Y eso iba por mí.

Eran fotos de Garúa. En diferentes lugares, con distintos cortes de pelo.

¿Conocen a esta mujer? Y sin transición: Es una tontería que lo nieguen. Sabemos que para aquí, en Terranova. Aún más. Sabemos que vive aquí. Es mejor que se entregue.

Que se entregue ¿a quién? ¿Para qué?

El inspector esta vez acusó el pellizco del interrogante.

Tengo que hacer unas comprobaciones. Nos consta que el pasaporte es falso.

Se sacó de encima el desliz de vacilación con voz enojada:

Se acabaron los porqués. ¡Díganle que se entregue!

¿Qué hace este terrorista aquí, Pedrés?

Del interior de la Penumbra de Terranova salió Eliseo. Sostenía un revólver en la mano. Con aplomo, yo diría que con una postura profesional. Apuntaba al desconocido. Parecía como si apuntase justo al pisacorbatas.

Me dio la impresión de que ahora era el reloj de pared el que observaba la escena. Cada rostro era una representación histórica del asombro ante lo inexplicable.

Un auténtico Seis Luces, lo conoces muy bien, gorila. ¡Arriba las manos!

Sí, el desconocido no debía de tener duda sobre la calidad del arma, porque obedeció de inmediato a Eliseo. Impresionaba. Todos a punto de levantar las manos.

Usted está enfermo, Eliseo, dijo Pedrés.

Esa no es buena táctica, inspector, respondió mi tío, y yo no sabía que podía manejar un arma, pero tenía mucha fe en su dialéctica.

No es buena táctica, repitió Eliseo, tildar de enfermo a quien está sano.

Usted sabe de lo que hablo, dijo Pedrés.

No, usted no sabe de lo que habla. Y nunca lo ha sabido. Usted es un demente y un torturador. Y entra aquí, abusando de la ley y de guía de un criminal. Porque usted, él y yo sabemos quién es. Díganos, Rodolfo, ¿qué hace en España?, ¿por qué está aquí? ¿No daban abasto haciendo féretros para la fábrica de cadáveres? ¿Le ha contado al inspector con detalle cómo funciona el negocio de la muerte? Creo que lo pasaportaron, junto con el Brujo, por un descontrol en la producción de cadáveres. ¿Me equivoco?

Nunca había visto a Pedrés nervioso; rudo y agitado sí que lo había visto, pero no así, en el estupor, en la posibilidad de temblar.

Está enfermo, Eliseo, no lo digo por faltarle, es por su bien. Dejemos las cosas así. Ya hablaremos con calma de esa arma. No se le ocurra hacer nada de lo que pueda arrepentirse.

Tengo chumbo de sobra para arrepentirme, dijo Eliseo.

Le noté el acento poético. Ahí me di cuenta de que el Seis Luces no tenía balas.

No volvimos a tener noticia de Pedrés por Terranova. El cazador desapareció. Garúa estaba convencida de que era Rodolfo Almirón, un policía corrupto con un horrible historial, uno de los organizadores de la Triple A, que con la guerra sucia abrió el paso a la Dictadura argentina, mercenario en actos terroristas en España, como el de Montejurra, en esa primavera de 1976. Mi padre se enteró de que Verdelet había hecho una llamada al gobernador, pero este se eternizó en la intervención.

Eliseo se presentó enseguida, en compañía de mis padres, ante el juez. Desveló el origen del arma. Había comprado el Seis Luces hacía años a un emigrante de Chor, pero sin munición. ¿Por qué? Pensaba colaborar con el grupo de surrealistas portugueses en lo que denominaron *Operação Papagaio*.

¿Operação Papagaio?

Sí, es un episodio ignorado en la historia reciente de la península Ibérica. Pero sucedió de verdad, señor juez. Los del grupo surrealista del café Gelo, amigos míos, decidieron pasar a la acción y poner fin a la Dictadura de Salazar. Fue en la primavera de 1962. ¿Una revolución surrealista? Sería inaudito, pero estuvo a punto de darse. La operación consistía en tomar la emisora Rádio Clube Português, poner el himno nacional, llamar a la desobediencia militar contra la guerra colonial y convocar al pueblo en la Baixa de Lisboa. No resultó porque alguien se fue de la lengua. La PIDE, la policía política, detuvo al núcleo más activo de los poetas surrealistas. Pero la gente no se enteró. Lo curioso, señor juez, es que la revolución del 25 de abril de 1974, hace dos años, se ejecutó, por así decir, con el modus operandi de la Operaçáo Papagaio de los surrealistas. Empezó con una canción, con la emisión de *Grândola, Vila Morena,* justo en la misma emisora y a la misma hora. Y en esa revolución, al principio por lo menos, solo hubo una muerte. La muerte de un poeta. La muerte de un surrealista, del fundador del abyeccionismo, aquel que declaró para llegar a esa vanguardia de la renuncia extrema: ¿Qué puede hacer un hombre desesperado cuando el aire es un vómito y nosotros seres abyectos? Pues ese hombre, Pedro Oom, cuya única propiedad era una flor de plástico, se murió el 26 de abril, durante un brindis. Fue una muerte revolucionaria. Se murió de alegría.

Eliseo se fue «de viaje». Habían llegado a esa componenda. Esta vez las cosas eran más complicadas, con el enfrentamiento policial por medio. Iba a ser un viaje muy largo. Y ya no volvería a Terranova.

Así que, al final, ¡era verdad que tenías un revólver!, dijo Comba con los ojos enrojecidos, con esa emoción que transmite la determinación de no llorar.

Sí, nena, pero sin luces.

Parece que voy a ir a un médico, a Madrid, de visita, dijo Eliseo. Me gusta la expresión. ¿Qué le trae por aquí, señor Ponte? ¡Una visita médica! Y dígame, ¿cómo se encuentra? Óptimo. ¡Infelizmente óptimo! Recuerdo una charla con Jacobo Muchnik en su despacho de la Fabril Editora. Estaba disgustado. En dos años había hecho el mejor vivero de libros del planeta. Sin exagerar. Pero en la Compañía General había capitalistas con gusano dentro, y le censuraron un libro muy inocente, *El porvenir de la incredulidad,* solo para putearlo. El editor estaba hundido, pero mantenía la chispa. Nos dijo a mí y a Pellegrini: Todo consiste en entregarse a un médico en cuyas manos estés dispuesto a morir alegremente. Pellegrini había hecho una macanuda *Antología de poesía surrealista,* pero el más surrealista de los tres era don Jacobo.

Entró en la Cámara Estenopeica y fue hacia el gabinete. Hay aquí una pieza, *miniatura* la llama él, que me envió Eugenio Granell desde Nueva York. Nació aquí, en esta ciudad, pero casi nadie lo recuerda. La amnesia retrógrada. Por ahí, en la Penumbra, anda *El hombre verde,* que escribió y editó en el exilio. Yo también soy un hombre verde. Aquí está, aquí está. La carta con la partitura: *Canción de berce para un bebé mecánico.* Anda, Garúa, dale. ¡Ese piano lleva toda la vida callado!

Se fueron los dos, Amaro y él, hacia la estación del tren. Amaro le llevaba la maleta. Eliseo lo cogió del ganchete y con la otra mano levantó en despedida uno de sus cien paraguas.

En Terranova quedó sonando la canción de cuna para el bebé mecánico.

Expectación
Galicia, verano de 1977

De niño siempre me quedaba allí, en el hogar de los caseros. Con Expectación y Dombodán. Yo solo los recuerdo a ellos en aquella casa. Jamás ningún hombre adulto. Cuando íbamos a Chor, algún fin de semana, en temporada de vacaciones, lo primero que hacía era ir donde ellos. Esos días, Expectación cocinaba en la Casa Grande, pero yo siempre acababa en la mesa de la casita, con el mantel de hule blanco, resplandeciente en aquel hogar tiznado de humo. Comía allí. Comía aquel caldo de berza con la fruición del conejo de Oom. En el Pulmón de Acero, cuando Eliseo contaba el cuento, yo le ponía el olor de la casa de Expectación. E incluso cuando me quedaba solo, entendía lo que era la saudade, esa idea por la que tanto discutían Amaro y Eliseo. Discutir. De niño me intranquilizaba mucho, me angustiaba cuando el tono de la polémica subía, hasta que descubrí que cada discusión era la representación de una obra. Y que al final, como los actores, acababan siempre abrazándose. Y yo allí, al margen, de espectador. ¡Se me llevaban todos los demonios!

¡La saudade es un sentimiento animal!, tronaba mi padre. Lo tenemos todos, todos los animales, quiero decir. Dale un hueso a un perro y luego quítaselo. Verás lo que es la saudade. ¡La saudade del hueso! Esa era la tesis de mi padre, que recorría la fauna con sus saudades. Y luego arremetía contra Teixeira de Pascoaes: ¡Ese profeta de la Saudade! No teníamos pocas religiones, que ahora viene la de la saudade. ¡Mejor el budismo!

¿Quién sería aquel Teixeira del que no hablaban ni en la radio ni en las revistas ni en ningún lado? Solo ellos dos, a punto de matarse por Teixeira.

Y entonces Eliseo sacaba los naipes del Cosmos, el Fiat, el Verbo, el Alma del Mundo, la fusión del Espíritu y la Materia, el Deseo y el Recuerdo, la Vida y la Muerte. Yo hablo de todo eso, ¿y tú, Amaro? Tú llegas enseñando los dientes porque te falta un hueso.

Y a mí me faltaba el caldo de Expectación.

Ella le contó a Garúa lo que yo sabía de oídas. Que Dombodán había nacido de repente.

¿De repente?

Apareció un día en la Casa Grande con una mano en el vientre y con otra avisando de que ya estaba a punto de parir. Edmundo ya había muerto, pero la abuela Balbina aún vivía. Y había más gente por la Casa Grande. Nadie se había dado cuenta, o no habían querido darse cuenta. Expectación solía andar con sayas y fajas. Como capas geológicas, decía mi madre. Ella, Comba, había ido a pasar una temporada allí, pendiente de lo suyo, es decir, de mí. De lo que llevaba dentro. Pendiente de las lunas. De todos los astros. Y resulta que el universo estaba más bien pendiente de Expectación. El día aquel en que ya no pudo callar, en que la criatura se le salía prácticamente por la boca. Apareció temprano, al despuntar la aurora, ella decía aurora, cosa que maravillaba al neogriego, a Amaro, que exclamaba con orgullo patrimonial: ¡Debe de ser la única hablante de este rincón del mundo que llama aurora a la aurora! Eso es porque madrugo mucho, señor, decía Expectación. Pues sí, aquel día apareció temprano, con la aurora y con la leche recién ordeñada de la vaca más generosa, la que aún tenía nombre, Electra. Todo parecía venir en la misma cántara, aquella luz animal viva, aquel matiz de blanco y aquel olor en el que Expectación era capaz de identificar el prado en el que pació la vaca. Lo que Fontana llamaba olfato genesiaco.

Pero ese día estaba allí con la aurora y con la leche, la oleosa nata de la luz animal, cuando de repente posó la cántara, quiso posarla, la soltó, la agitación, el despertar de la leche adormecida, en harija, espuma, también en la boca, la nata de las palabras, la espuma de la saliva.

Pero ¿qué ocurre, Expectación?

¡Ya viene!

¿Qué es lo que viene?

Husqvarna. No podía haber sido otro. Toda la semana en el monte y bajaba con ganas de derribar, aunque fuese gente. Bebió otro trago de aquel tumbadiós que servían en el bar Bonanza. Podía oírse cómo se ponía en marcha la cadena, el engranaje rudimentario de las neuronas.

Hay que ir a la feria del ganado y preguntarle al tratante cómo fue el milagro ese de Dombodán.

Y Husqvarna pasó la bola a Mambís:

Sí, preguntarle cómo hizo para preñar a Expectación sin follarla. ¿Qué clase de herramienta tendrá?

Es domingo por la mañana. Hace buen día. La campana llama a misa de doce.

Dombodán podía embalarse con el café solo de máquina. Muy caliente, con mucho azúcar. Un café de máquina y unos erizos de mar. Erizos cogidos por él. Erizos de ocho años. Esa es la medida cósmica. Criaturas del espacio interestelar, precipitadas por el hechizo, sumergidas con su linterna de Aristóteles, agrupadas en colonias hermafroditas, macho y hembra a la vez, qué adelanto. Eso es todo lo que necesita un hombre para ser inmortal.

Ese no es mi padre, el tratante del sombrero. Mi padre es maquinista engrasador. Está en la Mercante.

A veces subíamos al peñasco que llaman Man de Deus. Sentados en sendos dedos divinos, con los pies colgando en el abismo, era el mejor mirador para aquel trecho de la Línea del Horizonte, el de mayor tráfico de buques mercantes y grandes petroleros que iban o venían de los puertos del norte. De vez en cuando, la alegría de algún gran velero, que, al contrario del rumbo pertinaz y geométrico del resto, parecía no tener otra intención que pasar por pasar.

A lo mejor va en ese velero, decía yo con cierta ilusión de que fuese así.

Dombodán era más realista, incluso en la forma de soñar.

No. Él es maquinista maquinista.

Y lo decía calibrando los mercantes muy serio. Aquellos buques tenían pinta de que jamás saldría nadie a cubierta por salir. Para saludar a la gente del litoral. No, nada de distracciones. El esfuerzo que ponía Dombodán en la mirada parecía más bien destinado a traspasar la chapa, penetrar en las tripas de la sala de máquinas y ver al padre, allí, empapado de sudor y grasa, incansable. No, no podía salir. No podía dejar el barco. No podía volver. Y de pronto entendí lo que decía la mirada de Dombodán cuando enfocaba la Línea del Horizonte. El buque estaba atrapado en ella. No podía navegar al desvío. Y el maquinista, su padre, era el único tripulante.

Husqvarna y Mambís estaban burlándose de él. Les había dado por ahí. Era su día de descanso, bajaban del monte, de abatir grandes árboles, y tenían que buscar algo que les ofreciese resistencia. Algo fuerte. Paradas las motosierras, todos los caballos estaban en sus brazos. También Dombodán era a su modo una potencia. Flaco y recio como un tentemozo.

Mi padre es maquinista. Lo que pasa es que no puede dejar el barco. Una vez paró en Antofagasta.

¿Qué?

Paró en Antofagasta. Aquí está la carta.

Y era verdad. Llevaba siempre en el bolsillo trasero una carta, con sobre de avión, en un envoltorio de plástico.

Mirad lo que pone: *Antofagasta, Atacama, Chile.*

¡Anda, coño! ¿Y qué dice la carta?

Cuando estaba allí, justo donde estaba él sentado escribiendo la carta, cayó una gota de agua. La primera desde hacía cuarenta años. Fijaos. Aún puede verse cómo se corrió la tinta. Según Expectación, mi padre decía que había que arreglar el tejado.

Expectación no sabe leer, dijo Mambís. Y además, ¿qué iba a leer si la tinta estaba corrida?

Tú calla, dijo Husqvarna.

Todos, el Husqvarna, el Mambís y el resto de la clientela, alrededor de la carta. Alrededor de la gota, el rebotar de la gota, el círculo desteñido de los ojos. Las cabezas que se yerguen a la búsqueda de un tejado. El de la casa más pobre.

Mi viejo, le contó Garúa a Expectación, hablaba de un cura gallego, un hombre muy especial. Lo conoció en el trabajo, cuando fue a preguntarle por el coste de impresión de un libro. Nunca llegó a escribirlo, pero él mismo era un libro. Se apellidaba Tréllez. ¿Tréllez? Era muy generoso. Se murió bailando en los boliches. Decían que su familia de acá era muy rica. Que era propietaria del balneario más famoso. El balneario de A Toxa.

Lo he visto por fuera, dijo Expectación. No creo que me gustase bañarme allí. Ir al casino sí. A mirar cómo se juegan los cuartos. Pero bañarme no me hace tanta gracia. Porque yo soy muy mía, ¿entiendes? Dicen que los ricos son muy suyos, pues yo también soy muy mía. No me gusta nada mezclarme. Yo veo lo que hacen ellos, cómo viven, pero no quiero que ellos me vean a mí. Es la herencia que tengo. El que no vean todo lo que hago, lo que como, si duermo o no duermo. Yo sé mucho de ellos. Lavo su ropa, limpio su mierda, eso es mucho saber. Todo todo, no. Pero sé mucho de ellos, de los de la Casa Grande de Chor, y de la Rectoral, y del dentista que se hizo un chalé, mira que dan dinero los dientes, sí, sé mucho. A ti, Garúa, puedo decírtelo porque tú no eres rica, ¿o sí? No, no eres. Este es a medias, dijo por mí. Para mí es como un hijo. Se echó a reír: ¡Por lo menos, medio hijo! Mamó de una teta, mientras Dombodán mamaba de la otra.

Temí que Expectación contase lo de la detención con Dombodán en el tejado de la catedral. Lo que pasó en comisaría, Dombodán cargando con el marrón del macuto. Nos miramos. Expectación y yo. Y entonces supe que no. Que ni ella ni él habrían hecho tal cosa. Sentí asco de mí. De haber pensado eso. De no confiar.

Yo cuando lo pasé bien fue la primera vez que fuimos a la playa todos juntos, dijo Expectación, todos los de la aldea en el remolque de un tractor. Y mira que tenemos el mar cerca. Pero pelearnos con las olas, no. La gente joven sí, pero las de mi edad como mucho andábamos por la orilla o nos metíamos vestidas. Doña Comba me había dado un traje de baño, pero tardé en ponérmelo. Y no para tumbarme al sol. Eso sí que no. En la playa, con otros, no. A mí lo que me gusta es bañarme cuando no me ven. ¡Y el sol! El sol me puede. El sol me monta.

Y dejó salir aquella risa que era como mil años de risa:

Me gusta tanto el sol, ¡que tengo miedo de que me preñe otra vez!

Entramos con Expectación y Dombodán en la capilla, la Cabaña del Santo, que pertenece al dominio de la Casa Grande. Había por entonces tres imágenes muy veneradas en la comarca. La más vistosa, la que le da nombre, es la de un San Antón con un cerdo a sus pies. Los animales lucen mucho en los templos. También en las letras de las canciones. Cuando metía un animal, cualquier bicho, había, de entrada, una atención. ¿Sabíais que San Antón, patrón de los animales, es también mi santo protector, el patrón de los lisiados? Y, al decirlo, exageré la cojera, girándome al que yo llamo *estilo Bacon,* pero no tuve éxito cómico. Las desgracias nunca vienen solas. Luego quedamos ante el Jesús crucificado. El de Chor es muy realista. El arte de hacer bello el sufrimiento es un gran mérito católico. Dije, sin mucha convicción: Ya estaba así cuando lo trajeron. Solo picó Garúa en la chanza. ¿Así, cómo? ¡En la cruz! No fuimos nosotros. ¡Qué atorrante!, murmuró ella, y me mandó callar con un gesto porque estaba ya ante la joya de Chor, una pequeña imagen que aleuda en la penumbra, la más viva de todas, eso decía ahora Expectación. ¡Es de madera viva!, una Virgen de la Buena Esperanza, una Virgen de la O. Para la gente de Chor, la María Grávida. Para mi padre, Amaro, la Virgen Anunciada de Chor, porque él, en la época del Seminario de Estudios, hizo un trabajo sobre aquella talla singular. De una expresividad tal que incluso tenía fama, y así subrayaba una antigua guía de la imaginería de la diócesis, de ser uno de esos iconos «no hecho por manos humanas». En su estudio, Polytropos se servía de la ironía para invertir la tesis. Si el carpintero Geppetto dijo de su Pinocho que estaba hecho con la mejor madera de la humanidad, qué no decir de nuestra Madonna Annunziata, la María Anunciada, pues esta imagen, hecha en madera humilde con manos sinceras y mirada fértil, es la más humana de las ofrendas. Algo así. Por lo visto, a mis abuelos de Chor, Edmundo y Balbina, no les había convencido mucho la comparación de la Anunciada con el muñeco del cuento, pero se compensaba con el parangón establecido por Amaro entre la imagen de Chor y la de Nuestra Señora de la O conservada en el museo de la catedral de Santiago. Las fechaba en el siglo XIV, y no en el XVI como habían dictaminado los expertos.

Tenía la mano izquierda sobre el vientre, y levantaba la derecha como avisando de que la criatura se movía.

Quiere hablar, hay algo que le hace gracia, dijo Garúa.

¡Será por mí!, dije. Después de salir del Pulmón de Acero, Comba me mandó un día a rezarle, vine solo y la Virgen murmuró: ¡Che, pues no eres tan feo!

Esta vez logré que todos sonriesen. Un milagro más de la María Grávida.

Hoy está muy risueña, dijo Expectación.

¿Hoy? Yo siempre la recuerdo así.

Depende, dijo ella. Según el día. Sí, según el día, repitió Dombodán. Y Expectación, como en trance: ¡Esta Nuestra Señora aún va a dar mucho de sí!

Y de pronto, en su segunda voz, que era una voz baja, grave, que venía, por así decir, de su profundidad: ¿Queréis que celebremos una boda?

No era una broma. Su forma de mirar prolongaba el desafío. Yo, que no había parado de bromear, ahora no sabía qué decir.

No sé leer, pero tengo el misal en la cabeza.

Dije, por hacer el chiste: ¿Será en latín?

Claro. Fue el cine que tuve.

Garúa se colocó en medio, entre Dombodán y yo. Animada, estaba en el juego. Mi risa era nerviosa. Tenía miedo. Y ahora sé que Dombodán también.

¿Podés casarnos a los tres?, preguntó Garúa.

Y Expectación, ya con voz de vicario:

¡Yo caso a los que se quieran casar! Pero, eso sí, hay que quererse.

Dombodán

Yo no estoy estructurado para morir.

Y no es que lo diga yo, no es una fantasmada.

Decir, nos lo dijo el doctor.

Así, con estas palabras:

Este chaval no está estructurado para morir.

Y mi madre, Expectación, asintió en silencio, muy respetuosa. Porque para mi madre aquel doctor hablaba como un evangelio. Él, tener, tiene fama de ser bueno para los nervios. Sabrá lo que dice.

Primero me lo preguntó:

¿Tú quieres morir?

Me gustan esas preguntas, así, al pan, pan, pero me patina algo la lengua. Tengo esa cualidad. Sobre todo cuando la pregunta es buena.

No, no, no quiero. Qué voy a querer.

En el cementerio de Chor, entre las antiguas losas, hay una lápida en la que todavía se puede leer como un cecear de la piedra: *Aquí yace alguien que no quería morir.*

Y el doctor volvió a insistir, pero dando un rodeo.

¿Tú quieres hacerte daño adrede?

No.

Entonces, ¿por qué levantas la mano contra ti mismo?

Eso aún tardé un poco en entenderlo.

Expectación miró con reprobación mis manos. Yo también. Las manos estaban allí solas, tapándose la una a la otra, deseando desaparecer. Las metí entre las pantorrillas.

El doctor me miró fijamente, pero no con la intención de aplastarme. Sé muy bien que hay dos formas de mirar lo que se mueve. Una es para distraerse, y otra es para pillar. Eso es algo que sé diferenciar muy bien, de lo primero que aprendí en la vida. Cuando vienen por uno. Cuando quieren cazarlo. Saber de qué pie cojea el pollo. Yo creo que él estaba distraído conmigo. Llegó un momento en que dejó de anotar en el cuaderno. Escuchaba. De vez en cuando preguntaba. Ahora venía una buena.

Vamos a ver, Dombodán, ¿has pensado alguna vez en el suicidio?

¿Por qué me lo preguntaba? ¿Por las caídas? Me caía de los tejados, de los puentes, de los árboles, de los caballos, de las bicicletas, de la Montesa. Giraba el carrusel de la feria y yo me soltaba de las cadenas cuando más veloz era el giro. Puedo caer desde cualquier altura. Pero no pasa nada. Tengo ese impulso. Ese arte.

Tú lo viste, Garúa. Viste cómo caímos al río desde el aliso y no pasó nada. ¿Qué iba a pasar? El río está para caerse en él.

Yo con eso de las caídas no le hago daño a nadie, ni tampoco a mí. Tú sabes, Vicenzo, que llevo toda la vida cayendo. Cayendo de pie. Pero sé muy bien que hay gente que echa pestes y culebras. Esos sí que no dejan un hueso sano. Los hay que envidian todo, incluso las caídas.

Y no hacían más que decir:

El hijo de Expectación está tocado de la cabeza.

El hijo de la casera de Chor tiene el casco averiado.

El Dombo, la madre que lo parió, es un drogadicto.

No sé por qué metían a mi madre en el asunto de las caídas. Ni en el de la droga. Yo caía cuando estaba bien, no cuando estaba mal. Sería que se metían porque yo no tenía padre. Sé de sobra que tengo padre. En cada feria, en cada entierro, siempre con la misma cantinela: Aquel, el del sombrero de tratante, ese es el padre del Dombo. No. Hubiera reconocido a mi padre nada más verlo. A primera vista. Yo sé que mi padre es maquinista. Les tapé la boca con la carta de Antofagasta.

Lo de caer, eso lo entendió muy bien el señor Amaro. Y eso que fue una caída sin caer, cuando estaba podando la parra, subido a la escalera. Me caí y quedé de pie. Y él dijo: ¡Muy bien esa caída, chaval! Y añadió otra frase macanuda. ¿Cómo era? ¿Qué dijo, Vicenzo?

¡Eres un clásico, Dombodán! Eso dijo.

Un clásico, sí. Eso me gustó.

No me gustó que el médico utilizase esa palabra, la del suicidio. Hay palabras que es mejor no decirlas. Eso lo sabe muy bien mi madre. Por eso al Demonio lo llama Artista. Y cuando le preguntan por su hijo, incluso conmigo delante, esa mala educación de darme por ausente, ella siempre mantiene el rumbo, ella reza, pero no suelta el timón:

Pues dentro de lo malo, bastante bien.

¡Hala! A escarbar en vuestra mierda. Disconformes, claro. Hubieran querido oír: Catástrofe, cataclismo, hecatombe. Tengo muchas de esas. Cuando me siento mal, me las tomo como píldoras doradas. ¡Qué bien me saben!

¿Qué tal estás, Dombo?

Óptimo. *Infelizmente óptimo.*

Era buena esa letra, Vicenzo. *Epopoi, epopoi,* esa también era buena. Y *El Muro de las Lamentaciones.* Este es muy bueno haciendo canciones, Garúa. Lástima que Los Erizos se hayan ido al carajo. ¿Cuánto duraron, Vicenzo?

Alrededor de un año. Menos.

Así no vamos a ninguna parte. Mira los Rolling. ¿Cuánto tiempo llevan? Casi tanto como Los Satélites de Coruña. Eso es lo que da un caché. Bah. El suicidio. Ella, Expectación, no va a decir nada, pero yo siento el murmullo de su deshablar. El musitar hacia dentro de las palabras. ¡Mira que no habrá hablado sola en su vida! A veces, de pequeño, pensaba que el caldo sabía mejor por lo mucho que ella hablaba alrededor de la pota; que era una manera de darle sustancia con aquel rezongar incesante de especias incorpóreas. El radón. El señor Amaro habló un día del radón, de una radiación de las piedras, y que eso produce saudade. La naturaleza científica de la saudade. Y mi madre venga a masticar radón. El humo del lar. La negra sombra. El plancton suspendido en la humedad del aire. Y las palabras, como ortigas. Ahora la oía masticar, con disgusto, esa cosa urticante del suicidio. Estaba sentado en una silla. Ni siquiera había un diván de esos en la consulta. No tenía de dónde caerme.

Por fin, tonto no era, el doctor preguntó de otra forma:

¿Has pensado alguna vez en dejar la vida?

Sentí una espina de la corona de Cristo. Andan pululando, desperdigadas por ahí, por lo visto hay miles en todo el mundo.

Dije:

En el suicidio, no sé; pero en dejar la vida, no.

El doctor acabó por sonreír. A mi madre le comentó que yo era una inteligencia en bruto, cosa que me agradó. Y luego fue cuando sentenció con un tono de certeza científica:

Este chaval no está estructurado para morir.

Lo de que viera a aquel médico fue cosa de doña Comba. Consiguieron que saliese de la cárcel con la condición de que me sometiese a un tratamiento. Y lo cumplí. Me metí en el gabinete del desván de la Casa Grande, disimulado tras el muro de periódicos encuadernados o atados como fardos, y donde nadie entraba desde que íbamos a ver allí lo que nos filmaba tu padre, Vicenzo. Aún se pueden ver caídas fantásticas en el río. Parecemos dibujos animados. Pues allí estaba yo. Encerrado, con la llave por fuera. Yo solo, allí, con los daguerrotipos, las fotos, el viejo proyector de Súper Ocho. Solo ella, Expectación, y yo sabíamos que estaba allí. Y ella tenía la llave y no me iba a abrir aunque aullase como un lobo. Todo crujía. Un barco boca abajo, y yo, amarrado en la cama, desgarrándome con dientes y uñas, boqueando, buscando la bolsa de aire del náufrago. Un aire que resultó tener un olor engañoso, una frescura que después se pudría. Luego supe que Expectación entreabría la puerta por la noche para rociar el cuarto con un espray ambientador Armonía Floral. Mi salvación. Nueve días y nueve noches luchando contra aquel olor, contra aquella peste de frescura bouquet oro.

Era verdad. No estaba estructurado para morir.

Cuántas tuvo que oír. Cuántas aguantó. Cuánto lloró detrás de la puerta. Resistiendo el ultimátum del corazón: Abre esa puerta, Expectación, o me saco los ojos. La mano herida, con callo, de apretar la llave y no abrir.

Y no abrió. Eso es una madre.

Limpiar el miedo

No era capaz de limpiar el miedo y me fui, dijo Dombodán.

¿Limpiar el miedo?, preguntó Garúa. Se lo preguntó a él y lo preguntó al aire. Al fin y al cabo, estábamos allí, en Chor, por culpa del miedo. Una temporada fuera de la ciudad, en tierra escondida, después de la irrupción de los horribles en Terranova.

Dombodán estaba contándonos que durante una temporada había trabajado en una granja. Una granja de cría. El Pollo Parrillero. Tenía que velar por el Orden Social. Eso le había dicho el dueño, de entrada. Que era muy importante velar por el Orden Social.

¿El Orden Social?

Sí, él tiene varias empresas. Tiene el asunto muy estudiado. El principal problema en una granja de esas son las aves miedosas.

Más problema serán las que meten miedo, le dije.

Las medrosas son las que se acaban muriendo. Ese es el problema. Y entonces el Orden Social consiste en colocar bien los comederos. Porque si no empiezan a amontonarse las aves con miedo, porque las más espabiladas ocupan la mayor parte de los comederos. Y llega un momento en que las medrosas se aplastan unas a otras. Por el miedo. Se van creando zonas de miedo. Y luego es muy difícil limpiar el miedo.

¿Por qué es difícil?, preguntó Garúa.

Porque el miedo se queda en las zonas.

Continuamos un rato en silencio. Solo se oía el ruido de mi balanceo con los zapatos de alzas. Andaba con más dificultad cuando me entraba el desasosiego. Y me había entrado con esa imagen de la zona de miedo. Dombodán trabajaba ahora en un taller de pirotecnia, en un lugar alejado, en lo alto de una colina llamada Mar de Ovellas. Era así por seguridad, nos explicó. Esos talleres no podían estar en la proximidad de las casas.

Tengo entendido, dije, que en esas granjas nunca se apagan las luces.

Nunca. Están encendidas día y noche.

¿Y por qué lo dejaste?

Por la música.

¿Por la música?

Sí, por la música. Todo el rato tenía que estar puesta la música. A mí me gusta la música. Pero el dueño no me permitía cambiar. Decía que tenía que ser aquella música, precisamente aquella puta música no me dejaba limpiar el miedo.

¿Y qué música era?

No lo sé. No me acuerdo.

La mirada de Dombodán parecía expresar la angustia insomne de todas las aves. De todos los seres que no pueden conciliar el sueño.

¿Y ahora no tenés miedo?, preguntó Garúa. Eso es peligroso, lo de la pólvora, ¿no?

No, no tengo miedo. Lo que hacemos son cosas alegres. Tienes que pensar en la fiesta. Eso es lo que tienes que pensar. El cielo de noche. La oscuridad total. Y, de pronto, ¡ahí va la palmera de luces! ¡La serpiente luminosa! ¡La lluvia de estrellas! Eso es lo que tienes entre las manos. Y entonces se limpia el miedo.

Avanzó unos pasos y se volvió hacia ella, el momento de un hombre feliz:

¡Haré una Madama de Fuego para ti!

Habíamos ido por unas semanas, para alejarnos de nuestra zona de miedo, pero Garúa cada vez se sentía más a gusto en Chor. Allí estarás segura, le había dicho Amaro. Sí, añadió Comba con ironía, solo la gente de Chor sabe que existe Chor. Se olía ya el otoño en el verano. Estaba fascinada con Expectación, con su forma de ser, con su cuerpo, una gordura astral, en órbita incesante, creando su propio tiempo. Con su manera de expresarse, las palabras que acudían a su boca, la puntuación de su risa. Y le gustaba Dombodán. Yo estaba sorprendido. Porque a mí me gustaba que le gustase Dombodán. Verlos caer juntos. Porque Dombodán la inició muy pronto en su afición por las caídas. En los ratos libres del fin de semana, ir en bicicleta por los grandes herbales de las brañas y caer en las pozas. Descender por las cuestas y caer planeando como aves torpes sobre los campos de maíz. Caer rodando por las dunas. Y, sobre todo, caer en el río. Caer desde el puente. Caer desde las ramas de los alisos.

¡Filma, filma, Vicenzo! Y yo hacía el gesto de filmar con una máquina invisible.

Se ayudaban a levantarse. Empapados, llenos de tierra, barro y briznas. Se abrazaban. Y yo les filmaba. Era mi forma de abrazarlos.

Por la tarde íbamos a buscarlo, pero por otro camino que bordeaba el monte y que nos permitía ver el mar desde el peñasco que llaman Man de Deus. Él llevaba el almuerzo y comía con los compañeros en un galpón. En esa ruta, en el crucero, antes de tomar el desvío hacia el taller, había una casa abandonada. Cerrada, debería decir. Porque no estaba derrumbada ni en ruinas. Una mano la cuidaba. Era una casa con paredes de piedra y las partes de la madera, las puertas y los marcos de las ventanas, pintadas de añil.

Es linda esa casa, dijo Garúa, lástima que no haya vida.

Yo sabía de quién era esa casa. La casa añil.

Una de aquellas tardes en que pasamos por delante había un viejo cortando con un hacha unas rachas de leña sobre un tocón. De forma metódica, pero con la calma de quien busca una simetría en el corte. Una de las puertas de entrada daba al alpendre donde se encontraba la leña. De hoja y media, tenía la parte superior abierta, y dejaba ver en su interior una bombilla colgada de un cable trenzado, de luz envejecida. Más que iluminar la oscuridad, tenía la forma de un hueco luminoso consentido por las tinieblas.

Yo también sabía quién era aquel hombre.

Respondió al saludo y clavó el hacha en el tocón, señal de que quería hablar. Yo creo que fue la novedad de Garúa lo que lo animó.

Garúa, este es el señor Miguel.

¡Cómo que señor Miguel!, exclamó él divertido. Aquí nadie se llama por el nombre. ¡Querrás decir el Croto!

¿Croto? Ahora la divertida era Garúa: ¿Por qué Croto?

Porque soy hijo del Croto. El hijo pequeño. Los otros son los Golondrinas. Mi padre emigró. Al principio mandó algún recado, pero enseguida dejó de dar señales de vida. Un día llegó un vecino y dijo: Vuestro padre anda de golondrina, y añadió: ¡Si vuelve, rico no va a volver! Por lo visto eran algo así como jornaleros trashumantes. Y a la gente le hizo mucha gracia lo de *golondrina.* Y, claro, nos quedó el apodo de Golondrinas. Y unos años después volvió otro vecino, uno que tenía una pizzería por allá, al lado de la estación de tren de Constitución, trajo un hatillo y dijo: Aquí tenéis la herencia de vuestro padre. Vuestro padre era un buen hombre, no quiso amo, solo se tenía a sí mismo.

Pero trabajaba de golondrina, ¿no?, preguntó mi hermano mayor.

Eso también, pero vuestro padre ¡era un croto!

¿Y qué es un croto?

Uno que ni tiene un peso ni se lo debe a nadie. Pobre y libre. Vivía en un vagón en vía muerta. Y si tenía que viajar, iba en el techo de los trenes. Así era vuestro padre.

En el hatillo venía un bandoneón, unos periódicos viejos, *La Protesta* y *La Antorcha,* un libro, el *Martín Fierro,* y luego un poncho que envolvía un Seis Luces. Fue así como llamó el vecino al revólver. Lo que no tiene es balas, me dijo. Esa arma no se disparó nunca.

194

¿Y tú cómo lo sabes?

Porque era mía.

Mis hermanos, que ya tenían preparada la marcha, decidieron que el mejor depositario de la herencia era yo, el benjamín de la casa. Así que heredé también el nombre. El Croto, sí, señorita. Lo malo es que también me dejaron la herencia de la casa. Cuidar de mi madre. Del ganado. Yo era el que debía haberme ido. Cada día veo el mar, la Línea del Horizonte, y pienso en ella.

¿Quién es ella?, preguntó Garúa.

Sabela, la chica de esta casa. Un día me dijo: Yo me voy, ¿tú qué haces? Yo dije: Espera, voy a ver cómo está mi madre. Y no fui capaz de volver. Ni ese día, ni el siguiente. Cuando aparecí por aquí, su padre me dijo:

Sabela se fue para Argentina, fue a embarcar a Vigo. La víspera de su partida, se pasó toda la noche cortando leña. Yo le dije: Hija mía, para, para ya, vete a descansar. Pero ella ni me oyó. Toda la noche cortando leña.

Sus padres eran ya muy viejos, dijo Croto. Yo creo que no quisieron ni quemar un leño de los que ella cortó. Ahí están.

Miró hacia mí: Tú conoces esta historia, ¿verdad?

Asentí.

Sabela era la hermana de Henrique, el Atlas, dijo. Y Atlas, el cantero, era aquí muy amigo del señor padre de Fontana, ¿verdad?

Asentí.

Cuando la guerra, una partida de falangistas fue a matar a Fontana, a la Casa Grande. Pero no lo encontraron, y entonces vinieron aquí y mataron a Atlas. ¡Era un buen mozo, Atlas! Está enterrado ahí, en un salido del cementerio. Ni en sagrado lo enterraron. Sabela decía que no soportaba más este malvado sitio triste. Lo decía así, todos los días. Que si pudiera se llevaba en el barco la casa, a los viejos, la leña y los huesos del hermano. Todo.

Miré de reojo hacia la bombilla. Una falena intentaba penetrar en aquel hueco de luz.

Croto, le dije a Garúa, se sabe de memoria el *Martín Fierro*.

Eso es fantástico, dijo ella. Yo solo sé lo del ave solitaria que con el cantar se consuela. Y pará de contar.

Pues yo no sé por qué, dijo Croto, pero lo leí y se me quedó de una sentada, como si ya tuviese el sitio hecho. De vez en cuando, le meto un chupito de aguardiente para refrescar la memoria.

Se tocó la cabeza: Pero está aquí.

Lo que hace Croto es muy importante, dije yo, aunque él protestó con un ademán. Sí, es muy importante. Porque en los velatorios la gente está deseando que se vaya el cura para que entre Croto, se ponga junto al difunto y recite el *Martín Fierro*.

Garúa sonrió, pero era una sonrisa que no disimulaba su incredulidad. Así que la llegada de Dombodán fue muy oportuna.

¿Sabías, Garúa, que Croto reza en gaucho en los velatorios de Chor?

Yo debía estar allá, viajando en el techo de un tren. Tengo mucha morriña de lo que no conozco. Pero vengo aquí todos los días, a cortar leña por si vuelve Sabela.

¿Y el Seis Luces?, preguntó Garúa.

El revólver se lo regalé a un buen hombre, a Eliseo, al señor tío de aquí, de Fontana. Él lo quería por cultura.

Llueve.

En la Casa Grande de Chor hay goteras. No solo en la buhardilla, sino también en la sala principal, donde caen desde las juntas agrietadas de las claraboyas.

Guiados por Expectación, vamos colocando calderos, tinas, cazuelas desportilladas. Las diferentes alturas de caída y el tamaño y material de los recipientes hacen de la casa el escenario de un concierto de percusiones o un gran instrumento en sí misma.

Veo que Garúa se mueve hechizada, sube las escaleras hasta la balaustrada, mueve a distintas alturas un caldero de zinc, una pota de hierro, un cazo de cobre. Escucha. En el tejado y en las ventanas repica la lluvia con mil dedos, pero en el interior lo que resuena es el laborioso horadar de las gotas furtivas. Necesitan un peso para caer, y cada una alcanza una nota diferente.

A Expectación le hace gracia semejante hechizo.

Esto ya parece un *requiem aeternam,* dice. Yo prefiero que venga el sol con su pasodoble.

En casa de Expectación, la de los caseros, no llueve dentro. Tomamos su caldo con tanta ansia que componemos una pieza musical de sorbidos. Un himno de acción de gracias.

Expectación dice que cuando ella era niña llovía mucho más. Dos o tres veces más. Empezaba a llover el 15 de agosto y no paraba hasta el final de mayo. Se ahogaban las ranas. Era célebre el dicho de que el hambre, en Galicia, entraba nadando.

No es posible que lloviese tanto, dice Garúa.

¿Que no? Cuando estábamos en misa, en la iglesia, una de las historias que más gustaban era cuando el cura se ponía con el relato del Diluvio Universal. El cabreo de Dios con la Creación, lo bien que instruía a Noé para hacer el arca, con todas las medidas de carpintería, la acogida a las parejas de animales, todo muy vistoso. Pero la gente siempre estaba más pendiente del parte de lluvias. El páter decía que para que las aguas cubriesen la tierra había llovido sin parar durante cuarenta días y cuarenta noches. Nos mirábamos los unos a los otros, y siempre había alguien que murmuraba: Pues no es para tanto. Cuatro gotas. Hasta que el páter, que también tenía su retranca, dijo que había llovido un año entero. O dos. Y santas pascuas.

Garúa se enojó mucho con nosotros, con la familia Fontana, cuando Expectación le dijo que no sabía leer ni escribir. Tantos años en aquella casa, desde jovencita, y nadie se había preocupado de enseñarle.

Ella no quiso, le expliqué. Mi padre lo intentó y ella huía. No será porque mi padre no lo intentara. Pero ella huía. Ni con amenazas pudo enseñarle.

Expectación, ¿eso es verdad?

Cuando era niña, en Uz, todas las cartas que llegaban o eran para ir a la guerra o para dar noticia de alguna muerte. Siempre. Abrían una carta y salía un muerto. Y siempre pensé: Prefiero no saber leer. A mí no me va a salir el muerto ni una llamada a la guerra ni la comunicación de una multa por ir por leña al monte.

Pero ahora podés leer otras cosas, dijo Garúa en tono pícaro. Podés leer y escribir cartas de amor.

¡Ay! ¡Eso es aún más triste! Mira, sé escribir mi nombre, eso sí que lo sé.

Escribió muy despacio, cantando con la voz las sílabas:

Ex pec ta cion

Y cuando lo vio, su nombre, se echó a reír. Una risa de mil años.

Un bulto en la noche
Galicia, primavera de 1978

La muñeca es impresionante. Está allí, en el escaparate de la tienda de juguetes Arca de Noé. Una de las tiendas que deseaba cuando recorría la calle Atlantis camino de Terranova. Siempre tuvo buenos juguetes, pero yo no imaginaba que pudiera existir en algún lugar esa vanguardia de muñecas. Una muñeca con muletas. Marybela. La más elegante de todas. El pelo ondulado, con ondas de sirena. Me llevo la misma sorpresa divertida que cuando Eliseo me regaló una revista en la que aparecía Marilyn Monroe, muy joven, apoyada en muletas con un fondo nevado. ¡Qué bien sonreía la cojita en las Montañas Rocosas de Canadá!

Tiene una leyenda explicativa en la caja, en inglés: *I broke my leg riding my Pony too fast.*

Mira por dónde, Marybela. Esa es una magnífica explicación, una especie de ley universal del comportamiento humano. Yo también debería llevar un letrero así: *¡Corrí demasiado en mi poni!*

No sé si comprarla y llevársela a Garúa de regalo. Ahora que lo pienso, nunca le he hecho un regalo. Excepto las cerezas. Un cartucho de cerezas. Y las castañas. Un cartucho de castañas calentitas, quemando y tiznando las manos, qué alegría.

Pero no, no voy a aparecer con la Marybela bajo el brazo.

Mejor llevarle unas cerezas.

Desde que ella llegó, cambió Terranova.

¿Qué quieres hacer?, le había preguntado Amaro.

Me gustaría curar libros, dijo ella. Sé un poco. Mi padre tenía amigos encuadernadores que también se dedicaban a sanar libros.

Pues entonces, dijo Amaro, quedas nombrada curandera y componedora de libros de Terranova. Arriba, en la segunda planta, puedes levantar la botica y un hospital de campaña. Lo que hay allí... ¡Te van a recibir como a Evita los descamisados!

Lo primero que hizo fue comprarse un mono de trabajo en El Barato Mercantil. De cuando en cuando, bajaba a hacer una mateada. Fue una costumbre que introdujo en Terranova. Había una pareja de exiliados uruguayos, en Monte Alto, que siempre se acercaban a la mateada. Ella, la uruguaya, era muy alegre, una mirada esmeralda en la que nunca se podría ver un pozo de sufrimiento. Y no obstante, un día contó que se había amputado un trozo de lengua. ¿Cómo fue eso? Fui yo, con mis dientes, respondió. Estaban torturándome. Juré que no hablaría, y me mordí la lengua hasta partirla.

Sorbió el mate. Dijo: Perdonen. Lamento haber contado esto.

¿Por qué? El mundo debe saber, dijo Garúa. Está lleno de chetos mirándose el ombligo.

Por la mañana curaba libros en su hospital y por la tarde nos acompañaba en la planta baja, la comercial, y cuando había algún pedido iba a repartir en la bicicleta. Se ofreció ella. Era la mejor forma, decía, de conocer la ciudad. Paró un tiempo, después de la amenazadora visita. Y reanudó las salidas de reparto cuando volvimos de Chor de limpiar el miedo.

También yo sentía que estaba limpiando el miedo respecto a ella. Asumí que el hechizo era inquietante o no era hechizo. Todo el mundo consideraba que éramos pareja, y no iba a ser yo quien saliese con un megáfono a desmentirlo. Me gustaba que los demás pensasen eso. Y me gustaba como pensamiento propio.

Un día, Garúa no volvió. No volvió del reparto, quiero decir. Llamó diciendo que llegaría tarde, que no se preocupasen. Mis padres se quedaron tranquilos. Cenamos. Se acostaron. Yo dije que bajaba a leer un poco en la Cámara Estenopeica.

Y estuve allí, recorriendo en las cartas marinas las cordilleras y los fondos abisales.

Salí. Caminé por la calle Atlantis. Decidí ir hasta el Faro, a que el mar me diera un cross a la mandíbula.

Al lado del Mercado de San Agustín, encadenada a una farola, vi la bicicleta, con sus inconfundibles alforjas. Enfrente, en los soportales, estaba la entrada a una discoteca, Xornes, a la que habíamos ido alguna vez. La sala de baile se hallaba en el sótano. Desde fuera podía oír la música, ahora *Killing Me Softly with His Song,* o una de esas mierdas, porque en aquel momento toda la música del mundo me parecía una mierda. Iba a bajar, pero el Duque

Blanco volvió desde el olvido y me dijo: ¡Lárgate, Starman, no bajes! Me fui, pero no muy lejos. Esperé sentado en el escalón más alto de la escalera del mercado. Hasta que salió.

Salió con él. Lo sospechase o no, justo salió con él. Con Cecilio. El periodista. Uno de los habituales de Terranova. Para mi padre, un gran escritor en ciernes: ¡Lástima de periodismo! Muy simpático, el muy cabrón. Muy alternativo. Muy solidario. Un cachas.

Ella soltó el candado, agarró la bicicleta por el manillar y marchó a su lado, atenta, embobada, eso parecía, eso era así, por el alegatista. Gracias, tío Eliseo, por la cita: ¡No contradigás, zambo alegatista!

No dije ni mu. Yo solo era un bulto esquinado.

Él vivía cerca. En la plaza de los Ángeles. Me senté en un banco allí al lado, en María Pita. Por lo menos tenía la compañía del reloj, que daba las horas y los cuartos. Lo que puede durar un cuarto de hora. Me sentí golondrina, linyera, croto. Me sentía bien. Cada vez mejor. Era el letrista echando fuego por la cabeza. Mi cerebro no paraba de producir inmortales canciones de desamor.

Amaneció. Alguien me sacudió, y no era el reloj municipal.

Pero ¿qué hacés aquí, pibe?

Vine a escuchar las horas, dije.

Echamos a andar. Despacio. Como quien lleva el amanecer en las alforjas de la bicicleta.

Cuando llegamos a la calle Panaderas, ella se montó en el sillín.

Sube, me dice. Acá.

Y me siento en la barra de la bici.

Bajamos por Panaderas. Me rodea con sus brazos. Es fuerte, la flaca. Hacía tiempo que no me sentía tan seguro.

Los dedos azules

¿Querés verlos?

Prefería oírla tocar a ella antes que hacerlo yo. Sus dudas, sus imperfecciones, los dedos y las uñas azules, como perros vagabundos buscando las notas que imitan el trotecillo de los perros. La niña hidrocefálica apretó a fondo las teclas. Los perros aullaban en los fortísimos del piano. Fue soltando. Sonrió. Muy bien, dije. Muy bien la *Canción canina,* muy bien los dedos azules, gracias por la sonrisa.

¿Querés verlos?

En el Conservatorio, una profesora, Zita, me habló de darle clases a una niña que necesitaba atención especial. Zita era amiga de su madre y ella misma había sido su primera maestra, pero otras ocupaciones profesionales la habían obligado a dejarlo. La nena había nacido con esa enfermedad, pero con muchos cuidados se había salvado, había ido mejorando y llevaba una vida casi normal. Lo que no podía, excepto para cosas excepcionales, era salir de casa, traspasar aquella burbuja protectora.

Te pagarán bien. Los padres tienen plata. Ella viene de una casa paqueta en Bella Vista, como yo, pero es despierta, ¡como yo!, trabaja en el Palacio Anchorena, en Exteriores. Y su padre es capitán de fragata. Fragata en tierra, ya sabés. En la casa hay

siempre una mucama. No tenés que preocuparte
por nada. Solo de la música. La chica es un encanto.

¿Querés verlos? Están ahí todos reunidos.
¿Quiénes?
Ellos. Los jefes.
Me llevó de la mano. Apartó unos libros de
un estante. Había una mirilla, un ojo de cristal en
el que se veía en gran angular el salón.
Nosotros podemos verlos, pero no nos ven.
Podemos oírlos y no nos oyen.
Vestían de civil, pero todos se trataban por la
graduación militar. La forma de hablar tenía las
marcas de la jerarquía, pero no había arengas ni dis-
cursos exaltados. Eso sí, todo el sentido de la conversación era resolutivo, determinado. Era un trabajo de Inteligencia. Había una contabilidad de la
muerte. Actuaciones y elementos eliminados. Hubo
una intervención de uno de los presentes que activó
mi glándula del horror. Calificó de «salto estratégico» la intervención de la policía dispersando con
fuego real en la Chacarita a los que pretendían participar en el entierro del diputado Ortega, él dijo
con sorna «el exdiputado» Ortega: Tienen que ir sa-
biendo que no les va a quedar ni la muerte. Poco
después el padre de Gloria se levantó y nosotras volvimos de inmediato al ensayo de piano. ¿Querés
que toquemos el *Segundo nocturno*? Es muy fácil,
¿verdad?, decía Gloria. Para vos sí, para mí no. Me
gustaba hacerle esa broma. Y la abracé. Nos abraza-
mos tan fuerte que tuve miedo de que se hiciese
añicos en mis brazos. Si el corazón tiene historia, el

de Gloria era uno de esos cuerpos que había elegido para vivirla. En apariencia, ajena a todo. Cerrada. Una chica de catorce años que tenía una segunda edad. Un cuerpo que guardaba escondido otro cuerpo. Esto estaba ocurriendo un día de diciembre de 1974. Al salir de casa de Gloria, por la puerta de servicio, recapitulé. Qué ganas de ir a mi barrio, bajar con Gabriela a tomar un café en La Flor de Barracas o comer una pizza en Los Campeones. O ir a buscar a Mónica por la noche, a la salida de la redacción de *El Descamisado,* y tomar algo y charlar en La Paz de Corrientes o en La Perla de Once. O acercarme hasta el parque Lezama, al bar Británico, con lo que me gusta esa esquina. Olvidá todo eso, me dije. Tenía que inventarme una persona, dentro de mí, que me protegiese, que se dedicase a bichar, que estuviese en guardia todo el tiempo, que no me permitiese llamar a teléfonos que pudiesen estar pinchados, ir a lugares marcados, dejarme ver en grupos o reuniones de riesgo. Recapitulé. En la casa había gente de las Tres Armas. Esa eficacia operativa que dan los rangos: vicealmirante, comodoro, coronel, brigadier, y así, pero había una excepción, uno al que llamaban el Caudillo, no con especial deferencia, pese al título, sino más bien como un invitado ocasional. Era uno de los más jóvenes del grupo, y despertaba esa aversión que provocan las personas muy atildadas que hablan sucio. Nosotros seguiremos marcando, dijo. No perejiles, sino caza mayor. Estaba entre militares, y tal vez por eso se esforzaba en clavar adjetivos duros, aunque la voz blanca desentonaba con el ímpetu: Las palabras son hembras, afirmó, los hechos son machos.

Yo sabía bien quién era ese facho, porque era un personaje notorio. Dirigía una revista llamada así, *El Caudillo,* que en realidad era una guía para los criminales de la Triple A. En sus páginas iba marcando los objetivos. No eran periodistas, eran batidores. No hacían información, sino delaciones. Las personas que señalaban críticamente, por un artículo, por un libro, por una obra de teatro, a los pocos días eran víctimas de una patota, secuestrados y torturados o asesinados. O acababan con la casa destruida por una bomba. Y lo mismo hacían con sindicalistas no corruptos o con las personas de sensibilidad social como los curas villeros, como Carlos Mugica, a quien, según los testigos, asesinó Almirón, el gorila que visitó Terranova y que anda de pistolero suelto por España.

Yo empecé a mojarme ahí, en las villas miseria que se levantaron a orillas del Riachuelo, en Barracas. Hacíamos escuela para niños y adultos, daba igual, quienes aprendíamos éramos nosotros con lo que nos contaban de sus vidas. Había un viejito que siempre se sentaba en la escuela, con un sombrero de paja, inteligente, con una memoria prodigiosa, retenía todo a la primera, y era muy delgado, delgadísimo, como una línea vertical. Le pregunté de qué vivía y él me dijo: ¡Vivo del hambre, papirusa! Pero no en tono quejumbroso, sino simpático: Me gustan mucho tus palabras, sobre todo las que tienen muchas sílabas, como *hecatombe, catastrófico, protocolo* y así.

Había colaborado en una publicación que se llamaba *Cristianismo y Revolución.* Y tenía que ser clandestina. Ya desde los tiempos de la Dictadura de Onganía, Levingston y Lanusse, siempre las Tres Armas, porque la producción intensiva de miedo ya venía de muy atrás. Ya entonces crearon una Cámara Especial Subversiva que la gente llamaba el Camarón. Quienes nos imprimían la revista, y fueron también una buena escuela, eran unos viejos anarquistas españoles exiliados que montaron una imprenta en el barrio de Liniers. Eran muy bromistas. Tenían las paredes empapeladas con almanaques de mujeres despampanantes. Y el más viejito decía, moviendo la hoja del calendario: ¡Che, nos pasamos el día levantando minas!

Los que le ponían voz a la Dictadura hablaban de instaurar un Reich que durase décadas. La mezcla de Reich nazi y Cruzada franquista era una fórmula que volvía locos a los militares argentinos, y no solo a ellos. Cuando en 1973 aquella Dictadura renunció, nosotros cantábamos en las manifestaciones y delante de la cárcel de Devoto: *¡Se van, se van y nunca volverán!* Fueron días, meses de alegría en las calles. Se hablaba de la juventud maravillosa. De aunar fuerzas con la vía chilena al socialismo: *¡Allende en Chile, Perón en Argentina, fuera los yanquis de América Latina!* Pero nunca se fueron del todo. Eso fue lo que no supimos comprender. Pinochet dio el golpe, Allende cayó y murió. Pero en Argentina, donde en apariencia habían perdido el poder, seguían allí. Y mientras nosotros, con el espejismo de un Perón que volvía, soñábamos con una revolución argentina. A mí me desconcertaba mucho una pintada que se repetía también como consigna descamisada: *Puto o ladrón, lo queremos* *a Perón*. No sabías cuánto había de ironía, puteada y fanatismo. Cuando dudabas, y dudabas mucho más de lo que parecía, los compañeros más curtidos decían que Perón, ante un dilema, siempre atendería al sentimiento popular. Yo entonces di el paso. No quería militar en la política como una monja en la Iglesia, pero sí quería formar parte de aquella juventud maravillosa, participar en aquella obra que estaba representando la gente como un teatro de vida.

Ese espejismo se hizo añicos en Ezeiza. El Mesías Perón ni siquiera aterrizó en el lugar donde era esperado por la mayor manifestación popular que se recordaba en Argentina. Lo ocurrido allí, los fachos con el gran palco tomado, la juventud maravillosa recibiendo una paliza, la primera sala de tortura en el hotel del aeropuerto, todo aquello, fue la otra representación: la del viejo poder demostrando quién mandaba de verdad, la irresistible ascensión del canibalismo.

La manzana tenía el bicho dentro. No solo se pudrió. El bicho se comió la manzana. En una reunión, uno de los fachos que había metido el bicho nos dijo señalando al vacío, fuera de la mesa: Ustedes están acá, en el Etcétera.

Camino de Ezeiza éramos gente, la gente, una manzana maravillosa, llena de esperanza, y a la vuelta ya no éramos gente, ya solo éramos el Etcétera. Nos habían roto los dientes. Los dientes que se ven al reír.

No queríamos ser el Etcétera. Y decidimos luchar.

Quien figuraba como presidenta era Isabelita, la viuda de Perón, pero todo el mundo sabía que quien movía los hilos era el «brujo» López Rega. Eso sí que era un espejismo hecho añicos: el ministro de Bienestar dirigiendo el terrorismo de la Triple A. Y el ministro de Educación y Cultura tomó posesión con un discurso delirante contra las expresiones artísticas de vanguardia, y lo hizo en nombre de Dios y de la patria, calificando esas obras de aberraciones visuales, intelectuales y morales. Hubo algunas burlas. Volvía el lenguaje nazi sobre el arte «degenerado». Pero ese tipo de declaraciones significaba mucho. Eran síntomas. Había germinado un nuevo paisaje, una primavera argentina. Y de pronto, otra vez la mirada sucia. Todo empezó a cambiar. Pero no fue un retroceso más, una chirinada, uno de los golpes a los que estábamos acostumbrados. Lo que pasó fue que la gente dejó de ver, dejó de escuchar, dejó de hablar. Porque al principio, con los crímenes de la Triple A, había una muerte y era un horror. Y luego otra. Y otra más. Y los muertos tenían un nombre, eran de un lugar, tenían familia, un trabajo, un color de ojos, el cabello largo o no, vestían un poncho rojo o una campera verde. Pero iba a llegar el momento en que serían el Etcétera. Y en que la muerte se dejaría de contar con los dedos. Se dejaría de contar.

Después se dio aquella casualidad que puso patas arriba toda mi vida. Aquellas clases de música con la niña de los dedos azules. Nunca sabré si fue casualidad o no. Nunca hablé con su madre, nunca la vi. A veces pienso que la casualidad fue ella. No sé.

No, no iría a ningún lado por ahora. Había dado con los Ellos. Tendría que esperar el momento apropiado para contactar con Diana, un enlace, una de las hijas del Eternauta. Así llamábamos a Héctor Oesterheld, por el nombre de su obra, ese cómic que devoramos y que resultó ser profético en todo, la ocupación de Buenos Aires por un régimen de terror nunca antes experimentado. Hay unos ejemplares ahí, en la zona de Penumbra de Terranova. De una edición en tres tomos de principios de los sesenta. Llegarían en una de esas maletas. Qué bien, *El Eternauta* en la maleta de un emigrante. Intenté mirarlo otra vez. Abrí algún episodio. Pero no fui capaz de seguir. Lo que se cuenta en las viñetas está pasando ahora en Buenos Aires. El propio Oesterheld fue chupado. En la última llamada a la cabina me dijeron que él también había caído. El viejo Eternauta.

Tenía que averiguar más. Y lo hice. Un mes después, Gloria, en un alto entre los *Nocturnos,* me llevó otra vez de la mano para ver y oír a los Ellos. En esta ocasión no estaba el Caudillo. Había otros invitados. Uno de ellos era un rostro bien conocido, incluso para mí. Era *Joe* Martínez de Hoz, uno de esos nombres que hacían que en Argentina el concepto de oligarquía dejase de ser una abstracción teórica. Su presencia, como la del llamado Almirante Cero, pareció influir en un cambio de atmósfera en el nuevo cónclave. Ya no se hablaba de hipótesis ni de especulaciones. Las intervenciones eran más resolutivas y el tono, triunfal. Se hablaba de golpe y toma del poder, pero con la consigna de evitar siempre esos «viejos» términos. Lo que iba a producirse era la instauración de un nuevo régimen que cambiaría la historia del país. Lo que llamaron Proceso de Reorganización Nacional. Y la primera condición era neutralizar la subversión. Y ahí se activó otra vez mi glándula del horror. No soy buena como espía, pensé. Me habría derrumbado de no ser por la niña de los dedos azules. Ella me apretaba la mano. Ella me sostenía.

El Almirante Cero se refirió al general Mola, el cerebro del golpe militar franquista en España. Leyó sus instrucciones secretas. Y hubo una que leyó de tal modo, clavando cada sílaba en el aire, que hacía parecer que esa instrucción hubiera sido escrita para ser aplicada en España, sí, pero también para reactivarla, justo cuarenta años después, en Argentina. Allí donde decía: «Es necesario crear una atmósfera de terror, hay que dejar sensación de dominio eliminando sin escrúpulos ni vacilación a todo el que no piense como nosotros...».

En esa instrucción, siguió diciendo el Almirante Cero, se habla de fusilamientos. Es necesario ahorrar ese trámite. Las operaciones desarrolladas hasta ahora, como las de la Triple A, cumplieron un papel: además de cargarse el zoológico peronista, hicieron la muerte visible. Es necesario quitar la muerte del escenario principal. Hacerla invisible.

Releyó: Eliminando sin escrúpulos ni vacilación a todo el que no piense como nosotros...

No habrá muertos, dijo sin más. No como quien desea crear una intriga, sino como quien enuncia con naturalidad una nueva dimensión de la muerte. La muerte sin muertos.

¿Cómo será una muerte sin muertos?

No habrá comitivas. No habrá entierros. No doblarán las campanas. No habrá cárceles ni juicios ni hábeas corpus. No habrá problemas. No habrá huelgas. No habrá manifestaciones. No habrá intranquilos.

Y como no habrá muertos, si alguien habla de muertos, el mundo no se lo creerá.

Porque, además, el mundo nos apoyará. El mundo que importa. El orbe cristiano de Occidente. La civilización.

Sabés demasiado.

Nunca más volverás a esa casa, ni a ese barrio.

No volverás a la Facultad.

No volverás a casa de tus padres.

Todo eso es lo que me está diciendo Diana en el Jardín Botánico. Siempre me ha llamado la atención la poca gente que se ve en el Jardín Botánico. Tranquiliza e inquieta al mismo tiempo. ¿Quiénes serán los otros, los que están allí? Hay una mujer, joven, que no deja de mirarnos.

Vamos a una parada del colectivo en plaza Italia. La mujer joven se acerca a nosotras. Diana y ella se saludan como amigas. Yo hago lo mismo. Soy Hilda, dice ella. Diana se va en el primer colectivo que pasa. Nosotras vamos a ir en la línea 60, hasta Tigre. Allí, en una embarcación, nos espera alguien que conoce Hilda. Vamos a una de las islas. Tan cerca de la ciudad, la sensación de penetrar en un manglar protector hacia la tierra que se esconde.

Por el canal de agua, entre naturaleza insurgente, llegamos a nuestro destino. Me presentó a un hombre ya mayor pero de movimientos ágiles, delgado, con unos anteojos que parecían destinados no a ayudar a ver mejor sino a contener tanta curiosidad en la forma de la mirada. Se presentó como Francisco Freire. Lo tenía delante, escuchando mi historia, la de la niña de los dedos azules a la que enseñaba a tocar la *Canción canina* de Erik Satie, y de pronto se levantó y me llevó a un lugar desde el que pude ver la reunión de jefes, de *los Ellos* en persona. Y él, al final, cuando le pregunto si me cree esta historia tan increíble, me dice: Te he creído desde el principio, desde que has hablado de la *Canción canina* de Satie. La precisión, la precisión.

Se quedó pensativo, rumiando los datos. Dijo: Tenemos una oligarquía con un temperamento inclinado al asesinato.

Freire me habló de que una organización como la nuestra, la de los Montoneros, necesitaba desarrollar un servicio de Inteligencia. En aquel momento no me dijo que ya existía ese servicio. Me encargó algunas tareas. Y acabé incorporándome. Hasta que tuve que huir a Europa.

¿Sabés de quiénes eran las fotos que revelamos en Madrid? Coincidiendo con los funerales de Franco, se juntaron jefes de los servicios de Inteligencia y policiales de las dictaduras latinoamericanas, agentes de la CIA y miembros de grupos neofascistas, como el italiano Delle Chiaie. Allí se dejó atada, y no después, la Operación Cóndor. La caza de huidos y exiliados para ser intercambiados por los aparatos represivos. También colabora la policía franquista. Hay torturadores en mi país que recibieron cursos en España. Cursos de tortura. ¿Qué te parece? ¿Y a qué vas de viaje, cariño? A un cursillo de tortura.

Sabía por lo que pasaba Garúa en la cabina. Las noticias de un exterminio. Caída tras caída. Una amiga detrás de otra. La información era mínima, apenas el nombre, cayó Beatriz, Diana, Marina, Estela. Sí, Estela también. Las cuatro hermanas Oesterheld. Tenía un hijo. El nene está vivo. Parece que un *mano* desactivó la glándula del horror y lo llevaron con el viejo Eternauta, al chupadero del Sheraton. Para que se despidiese. Y después lo llevaron con la abuela. Una excepción. Los hijos también desaparecen. Garúa, todas nuestras amigas están desapareciendo. Pero lo peor es que la sociedad está desaparecida.

Yo solía ir con ella, a la cabina, en Monte Alto, cerca del mar. A veces, íbamos en bicicleta. Despacio, para que yo pudiese seguirla. Pero a la vuelta, cuando salía con la mirada perdida, agarraba la bici sin decir nada y salía disparada, sin esperarme.

Cuando llegamos de Madrid, en aquel noviembre del 75, me había pedido un favor. Que abriera un apartado de Correos con mi nombre. Y que le permitiese que enviasen correspondencia también a mi nombre. Pero la única llave para abrir la taquilla del apartado debía tenerla ella.

Y me pareció bien.

Me gustó esa idea de que llegaran cartas dirigidas a Vicenzo Fontana que otra persona abría, leía y destruía, sin que yo me enterase nunca de lo que se contaba allí.

El otro día, por fin, me dejó leer unas líneas.

Era la despedida de Rodolfo Walsh a su hija María Victoria, Vicki, de nombre de guerra Hilda.

La víspera de su muerte cumplió veintiséis años, el 28 de septiembre de 1976. Esa noche durmió con su niña. La despertaron los altavoces del Ejército a las siete de la mañana. Cayó acribillada en la terraza, haciendo frente a... un helicóptero. Nunca había leído una carta semejante. La de un padre a una hija, una mujer, muerta en combate. Como dice Amaro de ciertos libros, es un injerto bíblico.

Decía: *No podré despedirme, vos sabés por qué. Nosotros morimos perseguidos, en la oscuridad. El verdadero cementerio es la memoria. Ahí te guardo, te acuno, te celebro y quizás te envidio, querida mía.*

En Terranova también tenemos una edición de *Operación Masacre*. Lo abrí y no pude dejarlo. Un cross a la mandíbula. Cómo dejar de leer un libro cuyo narrador se desinteresa de la realidad hasta que, mientras toma una cerveza, alguien se acerca y le dice: Hay un fusilado que vive.

Y dijo Garúa:

Y todo esto que has oído, en realidad, fue un monólogo. Yo estaba hablando sola. No había nadie. Vos no oíste nada. Nada. ¿De acuerdo?

De acuerdo. No he oído nada.

Fuese lo que fuese, me imaginé que algo estaba pasando. Que la apisonadora de la Historia estaba moviéndose sin que ni siquiera pudiese sabotearla metiendo una muleta en el eje.

¿Qué vas a hacer, Garúa?

¿Ahora? ¡Ahora voy a limpiar de miedo este cuarto!

Dibujó una sonrisa cómica con la cara, estirando la boca con los dedos. Y luego hizo lo mismo conmigo. Era para compartir.

Dejame cortarte el pelo, dijo.

¿Qué?

Una sola vez le corté el pelo a un hombre. Él me lo pidió. No podía salir a la calle con el pelo largo. Era peligroso. Podía pasar uno de esos Ford Falcon y chuparlo por eso. Por melenudo.

En lo que me contaba había una historia, arrancada de su zona de sombra, y era suficiente para decir que sí. Para querer decir que sí.

Bromeé:

Puedes cortarme lo que quieras.

Fueron cayendo los rizos, los mechones, trazando un círculo de textura animal en el suelo de la Cámara Estenopeica. Nunca imaginé que mi cabeza diese para tanto. Una alfombra de crin y tiempo. Me rapó. Se me podían ver los pensamientos.

Las manos de Garúa acunaban mi memoria.

La enfermedad de los horizontes
Galicia, invierno de 1979

Estuvo en la cabina mucho más tiempo que otras veces. Tardaron en llamar. Un soldado jovencito, un recluta, se paró delante con intención de telefonear. Ella se volvió de espaldas, y fingía gesticulando que mantenía una conversación. Supongo que también le inquietaba la presencia del uniforme, aunque fuese, como ella decía, un pobre *colimba*. El recluta contaba unas monedas con la mano. Se fue impacientando. Al principio, iba y venía de un lado a otro con paso marcial. Luego se movía como quien baila un son, imitando las maracas con las manos. Yo tenía miedo de que se pusiese faltón, una chica sola, allí, en la esquina del barrio, en una cabina, era un ser vulnerable para el instinto depredador. Yo tenía miedo de su miedo. De esa situación de Garúa en la cabina, angustiada por la pérdida de tiempo, ocupando la línea que debería estar desocupada, pero agarrándose a ella para que el recluta no entrase. Vete tú a saber adónde llama. Las maracas. Había reunido un montón de duros. Qué hambre de hablar. Alguien esperaba en alguna parte, en un barrio de Madrid, en Extremadura, en Canarias, vaya usted a saber. A veces venían reclutas por la librería. El servicio militar era obligatorio. Uno de los que entraron se quedó mirando los retratos y me preguntó con acento andaluz: ¿Quién es ese? Ese es mi abuelo. ¿Entonces era escritor? No, es el patrón. No le extrañó la respuesta. Era espabilado. ¿Y el de al lado? Hemingway no, el otro, el de la pipa. Manuel Antonio. Poeta. Marinero. Murió muy joven. ¿Lo mataron?, preguntó. No me sorprendió, en este país es una pregunta normal. Dije: Lo habrían matado, pero se murió antes. Pensé: también habrían matado a Valle-Inclán, pero murió antes de tiempo, unos meses, así que sacrificaron un perro y lo enterraron la víspera en el cementerio de Boisaca, en Santiago, donde iba a yacer el escritor. Manuel Antonio solo escribió este libro, y se lo di: *De catro a catro.* Lo abrió al azar y leyó en voz baja: *Roubáranos o vento aquel veleiro.* Qué bien sonaba el gallego con acento andaluz. Era una lengua nueva, de una isla invisible. ¿De qué murió?, preguntó. Iba a decirle que de tisis, pero recordé algo que el poeta había escrito: Enfermó de horizontes. Tenía la enfermedad de los horizontes. Soy de Cádiz, dijo, yo también padezco algo de horizontes. Y se fue con el libro. Era suyo. Yo me libré de la mili por la dolencia de horizontes. Mi cuerpo se cayó del horizonte. Mi cuerpo es insurrecto. Mi cuerpo es una idea desafecta. Está en una letra de Los Erizos, escondida en algún vinilo rayado. Mi cuerpo es un desertor, un ángel mutilado de la Décima Legión. Epopoi popoi popoi. Debería salir de mi esquina, ponerme a la cola en la cabina, para que ella no se sintiese sola. Pero el recluta, sin más, dio media vuelta y se fue.

Garúa colgó. Esperó. Descolgó. Con los destellos del Faro, la cabina parecía una pecera. Y ella, en sus movimientos inquietos, sostenía el auricular, el auricular la sostenía, me recordó al mago en el número en el que está metido en una caja de cristal llena de agua, excepto la medida de una cabeza en la parte superior. Esposado. Tiene que localizar y coger con los dientes la llave del candado. Todas esas contorsiones angustiosas. La sensación de que es el tiempo el que se ahoga. El deseo de que estalle todo para que él salga fuera de la negación del tiempo.

Veo a Garúa prendida del auricular, el cable entubado en espiral de aluminio. La cabeza gacha. El cuerpo va resbalando. Se pone en cuclillas. Sigue escuchando, pero se muerde los nudillos de la mano libre. Pasa un Dos Caballos en la noche, en dirección al Faro. Se detiene a poca distancia de la cabina. Es una pareja. Del lado del conductor baja una mujer de cabello largo y rizado. De noche, la larga falda parece una prolongación de la melena. Con cautela, espía en el interior de la cabina sin abrir la puerta. Garúa se levanta como impulsada por un resorte. Se enjuga las lágrimas. Menea la cabeza. Sonríe. Hace un gesto con la mano. La mujer se va y arranca el coche.

Las luces largas. Los destellos del Faro.

En esta ocasión, Garúa viene hacia la esquina de la Vereda de la Torre. No se enfada porque esté allí de centinela. Me abraza. Tan delgada, tan fuerte. Me abraza. Me muerde hasta hacerme sangre. Sé que me está diciendo adiós.

La Madama de Fuego
Galicia, invierno de 1979

Es increíble. Dombodán está llorando. Rompió en sus ojos la posibilidad de la lágrima. Yo todavía no he logrado pasar de ahí. Tengo esa glándula estropeada. Las cañerías de llorar se me van hacia dentro. Enfangan las neuronas. Me secan los ojos.

Debería abrazarlo. Besarlo. Lamer esas lágrimas y, con la pólvora de ese salitre en la garganta, decir algo. No una tontería. Algo histórico. Siempre me mira como si esperase de mí una frase histórica. No lo hace con devoción ni sumisión. Es la mirada de quien espera que cumplas con tu deber.

Se va a la guerra, Dombodán.

He ahí algo histórico. Detuvo el engranaje del sollozo. Se tensó. Endureció todos los resortes de la expresión.

Fui más allá. Añadí lo que no me atrevía a decirme a mí mismo:

Es muy posible que muera. Va a morir. Y no podemos hacer nada.

No estaba de acuerdo. Tampoco yo estaba de acuerdo conmigo. Él sabía lo que había que hacer. Lo que yo debería hacer. Pero nadie iba a hacer nada. La maldita Historia estaba en marcha.

Garúa me había dicho:

No quiero irme desde Terranova. No quiero despedirme. Vamos a Chor, por favor. Van a ir a buscarme allí.

Eran dos. Se presentaron en un Mini Morris rojo con el techo blanco. El conductor, de barbas, bajó, saludó con la mano, un gesto rápido, se enfundó una zamarra que cogió del asiento trasero, anduvo unos pasos, se desperezó, encendió un pitillo, dio la vuelta, se apoyó en el coche y se quedó mirando hacia la carretera por donde había venido. Y esa fue su posición hasta el momento de irse. El otro, más delgado, con chaqueta, jersey de pico y pantalones acampanados, saludó con la cabeza y musitó un Hola, ¿cómo están? Su cabello negro no brillaba tanto, pero estoy seguro de que era aquel Tero, el fotógrafo que había estado en el piso de Madrid. En todo caso, ninguno de los dos dio a entender que nos reconocíamos. Él y Garúa fueron caminando por la vereda que bordea el muro de la Casa Grande y que luego atraviesa el robledal hasta llegar al río. Dombodán y yo entramos en casa con la intención de salir por detrás, hacia la huerta, y eso hicimos, para tomar luego un atajo pasado el Palomar.

Estaban allí, en la orilla del río, cerca de la pasarela de las piedras prismáticas. El rumor del agua arrastraba la conversación. Hubo un momento en que discutieron con furia, con el estupor de un bosque poco acostumbrado a aquellas voces. No podemos oírlos bien, pero sé de qué hablan. De volver o no. De la división abierta entre los que quieren hacer política o los más *ferrieros,* los de las armas por delante. Los que ven un suicidio donde otros ven la victoria. La Contraofensiva.

Volvieron por la profunda vereda, que hacía como un amplificador para la voz. Escondidos detrás de una roca, oímos:

Perdoname, Mika. No estoy muy canchero en profecías, hago mi trabajo.

Ella reprimió enseguida un sollozo. Puso la cara entre las manos, meneó la cabeza y dijo: ¡Dale Negro! Nos espera un largo viaje.

Y añadió, cambiando de tono: ¿Sabés? Aprendí braille para leer a oscuras. Es lo único que me llevo de la librería. La *Odisea* en braille. Un regalo del viejo. La trajeron hace años de Argentina.

Te quiero, país tirado a la vereda, dijo él. Y echaron a correr.

Dombodán iba delante, con ansia de llegar a tiempo para un milagro, pero yo no quise apurar el paso.

Mirábamos la carretera como dos vagabundos desairados. El Mini Morris se alejaba sin efectos especiales, escoltado por los campos de maíz, firmes y uniformes, pero por los penachos iban y venían los gorriones, deshaciendo todo espejismo marcial en las tierras de labor.

Expectación llegó jadeante:

¿Y la nena?

Miró a Dombodán: ¿Y tú por qué lloras?

¡Se va a la guerra, mamá! Y este la ha dejado marchar.

Por el modo en que lo dijo, supe que esta vez no me lo perdonaría.

Aquella noche, en todo el valle de Chor se oyó la cadena de estallidos. La gente salió de casa con asombro. Todas las noches, la gente se acostaba con una sobremesa de Apocalipsis que atravesaba la pantalla de los televisores. Cada hogar, una zona de miedo. Pero lo que encontraron al salir de sus casas fue una sesión de fuegos artificiales nunca vista. Lluvias de estrellas, palmeras, serpientes luminosas. Y a ras de suelo, una Madama de Fuego girando y girando.

La urgencia médica, los guardias, Protección Civil, el servicio contra incendios. Todos acudieron al lugar, pero con la cautela de que aún podría haber restos sin estallar. También se desplazó el dueño del taller. Lo habitual era que por la noche no trabajase nadie, excepto para un encargo urgente. Confesó que Dombodán le había pedido hacer horas extras a cambio de tener el día libre. Y él había aceptado.

Así que esa noche todos dieron por muerto a Dombodán.

Se lo imaginaron pulverizado por los montes, como polvo de la lluvia de estrellas.

Pero Dombodán estaba por la mañana sentado en el peñasco que llaman Man de Deus. Solo, observando la Línea del Horizonte.

Trece perales, diez manzanos, cuarenta higueras
Galicia, otoño de 1990

En mi opinión, no se puede hablar de suicidio, digan lo que digan. Murió, eso sí, porque quiso. Escogió lo que él llamaba, en uno de sus cuadernos, *La buena muerte*. Fue uno de los pocos que habían escrito sobre ello, junto con su amigo Fermín Bouza-Brey, un sabio del Seminario de Estudios. Un asunto tabú. Anotó con ironía en aquel cuaderno: «La eutanasia en la tradición gallega es una tradición de la antitradición. En coplas del norte de Portugal y Galicia hay referencias a ese adiós asistido en personas con dolencias irreversibles, como el caso de una vieja moribunda de Guimarães a la que le dieron infusiones "humeantes y perfumadas que le proporcionaban una muerte suave". También se cuenta de lugares escogidos, como uno llamado Picoto do Pai, para dejar a los viejos moribundos en ese reposo final, con una manta y pan de borona».

Pero mi padre no se fue a ningún monte con pan de maíz. Llevó, eso sí, una manta, y la Piedra del Rayo. Lo que hizo fue devolver el bifaz a quien lo había encontrado. Aquella noche de verano, Amaro fue al cortinal del cementerio donde está enterrado su amigo Atlas. Se aposentó allí. Enterró la Piedra del Rayo. Se inyectó la insulina de la diabetes. No la dosis prescrita, sino doble. Se cubrió con una manta. Y se quedó dormido. Ya no despertó.

Deberías llorar, dijo Comba.

Yo había estado al lado del Faro durante horas. Rezando al mar. Rogando al mar que me llevase. Que me ayudase a llegar a la Línea del Horizonte.

Echarse al mar es una forma de esperanza, ¿no?

Una esperanza negativa, dijo Comba. Donde tienes que echarte es en ese sofá, como hacía él cuando quería dormir trescientos años. ¿Recuerdas? Se despertaba y decía: ¡Qué bien sienta dormir trescientos años!

Me tumbé en la Cámara Estenopeica y pasó mucho, muchísimo tiempo.

¿Pasaron trescientos años?, pregunté al despertar.

Vi a Comba viejecita, consumida, pero fumando su Gauloise. Fumaba muy de vez en cuando, en circunstancias festivas o calamitosas. Me maravillaba el control con que se movía, aquel recurso teatral, una pausa que le permitía tomar la iniciativa cuando había algún contratiempo. Comba Bacall, Comba Signoret, Comba Magnani, Comba Ponte. Esa bocanada libre. Pero esta vez dejó que la bocanada envolviese su cabello cano.

Dijo:

Pasaron trescientos uno, ¡has estado un año de más!

Fue mi duelo. En todos los sentidos. Al principio, enfebrecido, discutía con el recuerdo de Amaro. De vez en cuando, Comba me enjugaba el sudor con un paño caliente. Fui calmándome. Él también.

Le pregunté: Y tú, padre, ¿qué es lo que sabes de Ulises que no sepan otros?

Lo más importante de Ulises, dijo, es saber que tiene una contraseña. Una clave que le da todo su sentido a la *Odisea*.

¿Y cuál es, si puede saberse?

¡Hombre, sí! Tú debes saberla. Recuérdalo siempre: Trece perales, diez manzanos, cuarenta higueras y cincuenta liños de vides. Eran los árboles de la huerta de Ítaca. Al fin, ese será el detalle decisivo, la llave, para que lo reconozcan. Porque es Laertes, el padre, ciego, desengañado, el que cuando oye el nombre y el número de árboles sabe que quien habla no es un impostor como creyó al principio. Es la inconfundible boca de la tierra la que al fin habla. Lo que él le había enseñado de niño yendo solos por la huerta. A Ulises, ese náufrago que el mar arroja a la playa, lo reconocen el perro, el porquero, el ama de cría, gente humilde, porque el resto anda a lo suyo. Pero el reconocimiento decisivo es el del padre ciego, y la clave es el recuerdo de los árboles. Todo el viaje de la *Odisea* puede verse como una sucesión de complots, una confabulación para que Ulises pierda la memoria. La clave. Fíjate. Muchos de sus compañeros ingieren la flor de loto, porque prefieren ese alivio, pese a ser conscientes de que van a borrar todo recuerdo, incluso el de sus nombres. Mientras Ulises duerme, otros compañeros matan las vacas del Sol que pacen cerca de la nave. Ellos también saben que violan todos los ritos del sacrificio, pero siguen adelante, escogen las mejores, por la codicia del festín. Pese a la masacre, las vacas del Sol son inmortales y están vivas, sí, pero de un modo horroroso: las pieles reptan por el suelo, los restos mugen, llenan la isla con un quejido incesante. Y el Sol pide justicia. Si no es atendido, si el crimen queda impune, él dejará la tierra e irá a iluminar la oscuridad de la muerte. Una tormenta hunde el barco, los tripulantes mueren. Solo Ulises sobrevive, abrazado al mástil, para llegar a la isla donde no existe el tiempo. Le ofrecen la inmortalidad y él la rechaza. Eso es algo extraordinario, en aquel tiempo y en este. ¡Renunciar a la inmortalidad! ¿Y por qué? Porque es un hombre que quiere volver a su casa. No quiere ser un dios, ni un semidiós. Eso supondría renunciar a su memoria humana. Perder la clave de los árboles.

Lo bien que lo escucho ahora, a Amaro, en los cuadernos. Basta esa leve inclinación. Lo bien que me siento. La escritura también se creó para decir lo que no se puede decir.

¿Por qué esa pasión por la *Odisea,* padre?

Porque lo desordena todo. Ulises es un triunfador, un vencedor de Troya, la guerra de las guerras, y de pronto lo vemos perdido, extraviado. ¿Qué significa ese temporal? Ahora tiene que combatir consigo mismo, un viaje hacia dentro, deshacerse del héroe y construir la persona. Por eso lucha sin tregua para proteger ese núcleo de su memoria. Ese secreto. El del nombre y el número de los árboles de Ítaca. Veamos el encuentro con Aquiles, cuando Ulises decide ir al reino de los muertos, al Hades. Es uno de los mejores diálogos salidos de la boca de la literatura. Ulises enaltece las glorias del héroe en vida, pero en el linde de la sutileza le dice que ahora está incluso en más alto pedestal, en el imperio sobre los muertos:

No te debe, oh Aquiles, doler la existencia perdida.

¡Qué conversación! ¡Ni que hubiese una taberna en el Hades con vino del Avia! La respuesta es pura retranca, genial ironía impensable en el vanidoso guerrero que hacía temblar al enemigo con solo un escupitajo. Hay rivalidad entre ellos, siempre la ha habido. Y a los griegos les encantan los vocablos ampulosos, invocar a los dioses, loar las hazañas e incluso la calidad de las flechas que alcanzan su destino, pero se ve que disfrutan todavía más con una buena picadura de aguijón, con una pulla humorística. Entre los recursos asombrosos de este Homero, el «segundo» Homero, tal vez una mujer, la nieta que lo llevó de la mano por las tabernas, está ese viraje que consiste en hacer del héroe sublime un muerto con sorna, porque, fíjate, esto es lo que acaba de responder Aquiles al astuto Ulises, que no le venga con pamplinas:

No pretendas, Ulises, buscarme consuelo de la muerte, que yo más querría ser siervo en el campo de cualquier labrador sin caudal y de corta despensa que reinar sobre todos los muertos.

Trece perales, diez manzanos, cuarenta higueras...

Ahora hablas solo, dijo Comba. Eres como tu abuela Nina, que si no tenía hilo, cosía con las palabras.

Estaba leyendo, madre.

Terranova, 1 de octubre de 1957

Hoy hemos ido a ver a Vicenzo al Sanatorio.
Un desastre por mi parte.
Solo me faltó imitar a aquel tipo que entró en un velatorio, miró al difunto en la caja y gritó: ¡Peor es lo mío!
Sé que es mi obligación ir, pero el cuerpo se resiste y tampoco hay una relación eficaz entre el cerebro y el corazón. Uno no envía órdenes, y el otro no bombea bastante. Soy consciente de que mi crisis de voluntad, mi hundimiento, propicia la desinteligencia.
Está inmovilizado, cabeza arriba, el cuerpo dentro de la máquina, mirando por el espejo. Vicenzo percibe mi amargura. Mi desconsuelo. ¿Qué espero? ¿Que me consuele él? Comprendo su reacción. Está haciéndome un favor. Está provocando una punzada. Un electroshock. Que se active el cerebro. Que bombee el corazón.
Dice: Yo no quería nacer.
Parece que habla por primera vez.
Comba intenta resistir, va hacia la ventana, pero ganan los sollozos. Creo que el rapaz, después de echar la vida de esa forma por la boca, merece unas lágrimas. Me gustaría ofrecérselas. Recogerlas en el hueco de las manos y dárselas a beber.
¡Es una frase magnífica, Vicenzo!, le digo con burlona solemnidad. Comba me ordena silencio, me expulsa con una mirada enfurecida. Me la he ganado.
Cuando llegué a Terranova, volví a escribir otro artículo de denuncia. Sabía que en España era

imposible que viese la luz. Toda la información relativa a la epidemia de la poliomielitis está manipulada o vetada. A medida que crece el número de afectados, miles de personas, sobre todo niños, fueron desapareciendo las noticias. Hay una negligencia criminal por parte del Régimen. Ni siquiera aceptan abrir un registro oficial de los casos, porque la cifra reventaría la ley del silencio. En Estados Unidos y en otros países pusieron en marcha hace dos años un programa de vacunación popular y los casos de infección van camino de reducirse al mínimo. Aquí, en España, se están incrementando de modo exponencial.

¿Qué está pasando? No puede responder a una intencionalidad, a un castigo más a la población, una locura así sería inconcebible, pero los efectos son semejantes. Intenté indagar aquí, en los organismos oficiales y en los medios sanitarios, pero todo son evasivas. Sea por complicidad, por servilismo o por miedo. Conseguí contactar con Verdelet en Madrid, le conté mis sospechas, dijo que sentía mucho lo de Vicenzo, y que intentaría informarse bien. Esta vez no tardó en devolverme la llamada, y no fue para decirme que no cayese en paranoias. Se hallaba en un estado de estupor, se lo noté perfectamente. Algo preocupante estaba ocurriendo. No podía ser más explícito. Tenía que viajar a Coruña. Hablaríamos en persona. Y lo que me contó era un episodio de terror. Se estaba retrasando desde hacía tiempo el programa de vacunación popular porque había una disputa entre dos facciones del Régimen. Había dos tipos de vacuna, de dos empresas extranjeras, y una lucha feroz por el negocio.

Una lucha de poder y de coimas entre Falange y sectores militares, unos fuertes en un ministerio, el de Trabajo, y otros en Gobernación.

¿Y la salud, y los niños? ¿Qué va a pasar? Este es un crimen contra la población. Sospecho que el caso de las niñas jorobadas tiene que ver también con una negligencia histórica. Por lo que he podido averiguar, se trataría de una tuberculosis espinal no diagnosticada, y no se les trató en su momento con penicilina. Ahora mantienen la ficción de que fue una lesión física y de un tratamiento para... ¡enderezarlas! ¿Qué piensan, tenerlas amarradas ad perpétuam?

Por una vez, Verdelet no me respondió con una ironía liberal para llegar a una conclusión conformista, ese cinismo que le permite contemporizar con lo aberrante. No estaba para juegos de palabras ni las palabras tenían ganas de jugar. Lo había conocido en los tiempos del Seminario de Estudios. Nos gastaba bromas cuando salíamos a hacer trabajo de campo: ¡Vosotros siempre paciendo hierba como las vacas! Se había declarado el primer poeta ultraísta de Galicia. Y cuando lo decía, desafiaba al resto recitando un poema de boxeo que acompañaba con movimientos de púgil. Caía bien, y escribía artículos que tenían el efecto de bombas de palenque. Atraían. Estaba deseando dar el salto de tigre a Madrid y lo dio. Por el camino dejó el pelaje de izquierdista y pronto brilló como un primer espada en el periodismo de derechas, pero sin perder el estilo. Fue su mejor época. Se quejaba de ello: Escribía mejor contra la República, ahora soy una sombra de mí mismo. Una

sombra bien pagada, bien situada, ya como alto
funcionario. Lo que no soy ni seré, amigo Fonta-
na, es un criminal, me había dicho la primera
vez que nos habíamos vuelto a encontrar después
de la guerra, y fue en una sala del Prado, ante los
cuadros de Goya. Vengo una vez por semana, como
mínimo, dijo, para no perder la vista.

El caso de la poliomielitis lo había dejado sin
palabras.

A lo mejor tú puedes escribir algo, dije.

Me han castrado, Fontana. Ya no tengo cojo-
nes. Pero iré contándote lo que sepa.

Ahora vuelve Eliseo del Sanatorio. Él prefiere
ir al anochecer y contarle cuentos al niño antes de
dormir.

Le pregunto qué tal quedó Vicenzo y me dice
que estuvieron dos horas riéndose con cuentos de
miedo.

Le pido que me cuente uno a mí. Un poco de
miedo que me haga reír.

Tiene razón Amiel en su Diario íntimo: Cada
día nos dejamos una parte de nosotros mismos en
el camino. No sé cuánto me habré dejado hoy. Mu-
cho. Casi todo.

Todo.

Apago la luz. Me acuesto orientado hacia el
Faro y la Polar. Buenas noches, Polytropos.

El Imperio del Vacío
Galicia, invierno de 2014

Hoy nació la hija de Viana, la chica furtiva. La primera nativa de Terranova. En la Cámara Estenopeica, con la ayuda de Expectación y de Goa. Si volviese a nacer, me encomendaría a sus manos. Creo que mi inutilidad resultó eficaz. Yo estaba allí, compartiendo el estupor de las esferas ante la vida, y de pronto vino Expectación y me puso en los brazos aquel contrabando.

Se llama Estela. Estela Marina. ¿Te gusta?

Mucho. Mírala bien, seguro que ya nace con el nombre tatuado.

Me sorprendió el tamaño. Qué menuda. Pensé que sería más grande que la madre. Me parecía que se iba a tambalear toda la librería. Que se harían añicos las esferas. Que rechinarían las biblias. Todo está mejor ahora. Los gatos, Baleia, todos andan ojo avizor, imbuidos de una responsabilidad. Incluso olvidé el Síndrome, o el Síndrome me dio una tregua. Por la tarde las llevamos a ambas, madre e hija, a una cama grande en el primer piso. Y no vino un médico, sino tres. Tres doctoras. Begoña, Amparo y Lola, de la tribu de Terranova.

Y fue Lola la que preguntó por el padre.

El padre es un inmortal, dije yo, guiñando un ojo a Viana.

Ya se le ve a la niña, dijo Amparo. Ya sabe reír. Lo normal es que tarde cuarenta días en aprender a reír. Ya está en Aristóteles.

¡Un ignorante, ese Aristóteles!, exclamó Expectación. El mío se rio el primer día, nada más ver a la madre. Servidora.

Zoroastro nació con la risa en la boca, dijo Begoña. Al parecer, de ahí proviene su sabiduría astral.

Pues mira, como el mío, dijo Expectación. Ahora anda por el mar, siguiendo a los astros.

Ella se había venido de Chor para Terranova cuando el Aviador y Adelaida habían empezado con los trámites de venta de la Casa Grande. No les tenía ninguna ley: Unos meapilas, ¡pero de los de la Virgen del Puño! Dombodán, después del estallido del taller de pirotecnia, oficialmente un accidente por un fallo eléctrico, había logrado embarcar al fin, pero no en un mercante, sino al cuidado de la residencia de mascotas en un transatlántico de cruceros turísticos. Ya ves, dijo Expectación. En el campo ya no queda ganado que cuidar, lo sacrificamos, y él anda de mayordomo de animales en el *Queen Mary*. Pero no parará hasta llegar a Antofagasta.

Me había llamado, Expectación. Necesitaba un techo.

Le dije que sí, claro, que me vendría bien un ama de cría.

Seguro, dijo ella. De pequeño mamabas como una persona mayor.

No quise explicarle la situación de la librería. Terranova tenía los días contados. Por el contrario, y después de reírme de mi precoz pasión mamaria, le dije que necesitaba su ayuda, que con el tiempo sería una buena librera. Con el tiempo, sí, con el tiempo haría un funeral de primera, se burló. Pero yo insistí, y mientras hablaba creía en lo que decía.

Desde que la argentina me enseñó, dijo por Garúa, solo leí un libro. Me gustó tanto que me dije: ¿Y ahora para qué voy a leer otro? Voy a leer este toda la vida. Y ya debo de haberlo leído diez o quince veces. *Pedro Páramo*. Está escrito con levadura. Lo dejas una noche y fermenta. Se llena de cosas nuevas.

Pues seguro que tú eres la persona que más sabe en el mundo de *Pedro Páramo*.

No te digo que no.

Ya verás. Haremos un encuentro con los amigos de la librería: *Expectación y «Pedro Páramo»*. Llegará el día en que vengan catedráticos y todo.

Yo hago lo que tú me digas.

Suerte que Expectación estaba ahí para el parto de la chica furtiva.

En mi eficaz inutilidad, me había pasado toda la noche anterior hablando con Viana.

Ninguno de los dos podía dormir. Ella estaba a punto de dar a luz. Sentía removerse a la cría. Abrirse paso. Yo no lograba conciliar el sueño, llevaba ya varias noches de búho, por culpa del ultimátum. Tenía miedo de que se produjese un desalojo por sorpresa. Estaba pasando en muchos lugares. No se respetaba la vejez del inquilino, ni el estado de necesidad, ni siquiera la invalidez. ¿Quién era yo? ¿Qué significa el cierre de una librería, otro cierre más?

Un hueco, un vacío, otro hueco. El vacío avanza, y por su naturaleza, nadie se da cuenta de ese imperio hasta verse en el vacío. El desalojo de las almas, el abaratamiento del cerebro, la pérdida de oxígeno. Los viveros de las librerías, los talleres que bullen y cantan, las revistas de arte insurgente son los anticuerpos de la cultura libre que expulsan el vacío. Somos los objetivos de una guerra no declarada. ¿Dónde está mi Pulmón de Acero? Así veo yo las cosas. Así hablo solo. Emitiendo en onda corta en *La noche de Terranova*. No, no le voy a ir con la llorada ni a Viana. Ella resiste el vacío. Es un anticuerpo contra el Vacío.

¿Por qué se te ocurrió venir aquí, Viana?

Pensé que era el sitio más seguro. Hablé con Zas y estábamos de acuerdo. ¿Qué lugar más seguro que una librería? Yo, por ejemplo, es la primera vez que estoy en una. Boca di Fumo nunca vendría a buscarme a una librería. No se le pasa por la cabeza.

¿Dónde vivíais hasta ahora?

En la cárcel. En la vieja cárcel. También era un lugar seguro. Y está en un sitio lindo. ¿Quién va a ir a buscarte a una cárcel abandonada? Ahí fue donde nos refugiamos cuando lo del helicóptero, ¿te acuerdas? Nadie sabía dónde nos habíamos metido. Pues hay un conducto, un pasadizo desde la playa, aprovechando el alcantarillado. Nosotros lo conocemos bien. Pero ahora ya no es seguro. Un judas, el Bate, le fue con el cuento al Fumo. Tuvimos que huir. Una lástima. Teníamos un calabozo muy apañado. Con una cuna y todo. Y una estufa de leña que trajo Zas. Toda la cocina para nosotros. Y todos los vis a vis. Por la noche salíamos al patio, a ver el Faro y oír el mar. Es uno de los mejores rincones de la ciudad. Pero la librería tampoco está mal, Fontana.

¿Qué es lo que busca Boca di Fumo? Decías que andaba a la caza de Zas.

Nos quiere a los dos. Quiere a Zas para meterlo de sustituto en la cárcel, pero en la de verdad, en la de máxima seguridad. Es para ir en lugar de uno de los lugartenientes del Máster. Pueden caerle diez años. Ya le tienen el traje hecho, el historial, las pruebas falsas. Antes hacían eso, ¿no?, para no ir a la guerra a Marruecos. Iban los pobres con el nombre de los ricos.

Sí, era así. ¿Y tú?

Al principio, cuando iba de pago al vis a vis con Zas, a Boca di Fumo le daba igual. Yo era una mandada. En una de esas me dijo: Tú eres mi chorba, mi preferida, mi puta. Cuando se encaprichó de verdad fue cuando notó que yo estaba deseando ir a ver a Zas. Que me ponía guapa, que me peinaba y vestía para él. Y que me sentía mejor. Un día Zas me dijo: Tú eres mi hemoglobina. Y a mí me pareció bonito. Que alguien me llamase Hemoglobina. Cuando cumplió, quiso zafarse de ellos. Ni siquiera le compraron la guitarra. Ahora estábamos viviendo del mar y de las batallas. Hizo de vikingo en la fiesta de Catoira, y de romano en la fiesta del Olvido, ¿sabes?, eso de que los soldados del Imperio no querían atravesar el río Limia porque por lo visto perdían la memoria. Pues él fue delante, después del presidente de la Diputación, que hacía de Poncio. Y le dieron una extra, por echarle una mano, porque el presidente es muy bajito, y no era capaz de cruzar. Y también fue a la de Moros y Cristianos en Astorga.

Un día hizo de moro y otro de cristiano. Estaba sorprendido porque le pagaron lo mismo por hacer de cristiano que de moro. Y ahora estaba preparándose para la batalla de Elviña, para el aniversario. Él va de ayudante del general inglés, de sir John Moore, y es el que carga con él cuando lo matan. Está aprendiendo palabrotas para gritarles a los franceses. No, en inglés no. En francés. Para que lo entiendan. *Va t'enmerde.* Algo así, pero con más frase.

Boca di Fumo era un pelagatos. Le quedó el apodo porque fumaba de niño para hacerse más hombre. Andaba por las esquinas de los colegios, ya vendía los porros liados. Un día, por casualidad, lo vino a ver el cielo. Fue de camarero a una fiesta. A un pazo. Una fiesta de ricachones. Un colega que trabajaba en un catering, que cae enfermo, y eso. Él tiene buena planta. Es echado para delante. Tiene palique. Encontró la conexión. Él es un encantador de serpientes. Sabe estar arriba y abajo. En un minuto te hace de matón, colega y tratante. Y cuenta bien los chistes. Así llegó al Máster. Por los chistes. Fue a servirle una copa, y coló un chiste. Y como todos se rieron, el Máster le dijo: ¿Sabes más? Iba preparado. Llevaba un programa entero. Y ahí enganchó con el Máster, con Dios Padre Todopoderoso. Puede vender a su madre, pero lo que nunca hará será morder la mano del jefe. Esa es mi esperanza. Que tenga miedo al ruido. Que no monte un follón que aparezca en los sucesos.

Viana me contó que el Máster era un ser que cultivaba el misterio. De hecho, no sabe si lo vio o no en alguna ocasión. Me dijo que a veces piensa que hay media docena de Másters. El Boca apenas suelta prenda, ni siquiera para jactarse. La conexión con el Máster es una propiedad suya, no para compartir. Un día contó algo porque conseguí enfadarlo. Se había puesto a dieta y le pregunté que a qué dieta. Y él, muy chulito, dijo que la misma dieta que el Máster. Era un tipo admirable. Había ido ex profeso a Barcelona, a un médico carísimo, y le pasó la información. Yo me reí, me hizo gracia el compadreo de dieta. Y qué, ¿nuestro capo es vegetariano? Se enfureció, me llamó las mil y una, y todo por una broma. Para él el Máster no es un jefe, es una especie de gurú. Fue abogado y sabe tanto de leyes, tanto, que puede incumplirlas todas. Yo estaba alucinada. Resulta que aquel grandísimo cabrón, robando en tierra, mar y cielo sin escrúpulos, era un campeón de la vida sana. Un amante del deporte. De la naturaleza. Y al mismo tiempo de los Buicks. Colecciona también cochazos. Y me contó el detalle de la colilla. De cine. Estaban en un chalé, el Máster con la familia, de aperitivo, y ellos dos, el Boca y el Bate, en otra mesa, de servicio. Y entonces, el Bate fumó un pitillo y al acabar tiró la colilla al césped. Una colilla de Lucky. Y va el Máster, él, no otro, él en persona, se levantó, llamó con un gesto al Bate: Recoges esa puta colilla que has tirado en la hierba, te la guardas en el bolsillo, en los cojones, y luego coges una toalla de la piscina y abanicas todo el aire del jardín para que no quede ni el recuerdo del humo. El Boca se partía de risa. Como si se tratara de un episodio histórico. Y ya animado, lo puso por las nubes. No gastaba el dinero en tonterías. Viaja por el mundo. Había que oírlo hablar de paisajes, de arquitectura, de cine, de arte. Es un gran coleccionista de arte. Un loco por el arte. El cuerpo también es arte. Él es culturista. Y yo también, dijo Boca. ¿Y a ti desde cuándo te interesa tanto el arte? Se cabreó otra vez. Yo soy ignorante, pero yo no soy Zas, tía. No voy a acabar de vagabundo con una guitarra sin cuerdas.

Pues eso es arte, dije yo. Hacer lo que quieras.

Ya veremos lo que haces tú.

Máster, Máster, Máster. No se me iba de la cabeza desde que le había oído ese nombre a Nicolás, el hijo de Old Nick, cuando me amenazaron con el desahucio. Y el relato de Viana removió mi memoria abyecta. Incluso simpaticé con la colilla en el césped. Necesitaba saber quién era, de verdad, quién era el tiburón que estaba a punto de hacerse con Terranova.

Llamé a Cecilio, el periodista. Se había operado hacía un año de la laringe, y había aprendido de nuevo a hablar. No quería, pero había vuelto. Y ahora lo hacía con un brío cavernoso.

Dame una mala noticia, Fontana.

A ver si me resuelves esta adivinanza: Un tipo rico, muy rico, abogado que ya no ejerce, dedicado a asuntos inmobiliarios y probablemente otras actividades mágicas, culturista, gran coleccionista de arte y antigüedades y de Buicks. En ciertos ambientes atiende por Máster.

Noto que se anima. Su dedo cierra el estoma, y el pecho empuja el aire con fuerza. Vence el vacío, habla.

¡Joder, tío! Acabas de hacer el retrato perfecto de un cabrón llamado Fernando Lamarella.

Necesito un contacto, Cecilio. ¡Es urgente!

Inaccesible. Para mí, inaccesible.

No quedaba mucho tiempo. Tenía que encontrar la llave de ese candado. Hablar con él personalmente. Convencerlo de una moratoria. Igual que en la caza de las ballenas, señor Lamarella. Si tenía recursos, y era claro que los tenía, si le interesaba el arte... Podíamos hacer de Terranova también un espacio de arte. Literatura, arte, comida sana. Podíamos hablar. ¿Qué iba a hacer? ¿Apartamentos? La ciudad estaba llena de apartamentos vacíos.

Ah. Me había olvidado del vacío. Del Imperio del Vacío.

Localicé unos teléfonos. Una centralita. Imposible hablar con el señor Lamarella. Podía pedir vez y me recibiría alguno de sus empleados. ¿Una cuestión personal, muy personal? Deje un recado.

Díganle que llamo desde Terranova.

¿Terranova?, pregunta con asombro profesional.

Sí, Terranova.

¿Nada más?

Nada más.

Cuelgan. No debí haber dicho nada.

Llamo a Old Nick. Imposible. Está reunido. ¿Y su hijo? También reunido. ¿Hasta cuándo? No se sabe hasta cuándo.

¡Es urgente!

No hay respuesta. La secretaria conoce mi voz. Tiene instrucciones, se nota.

¡Por favor, Rebeca!

La apelación a su nombre está a punto de quebrarla. No está acostumbrada al hermetismo, le resulta violento. Pero cuelga.

Algo me dice que la suerte está echada. No porque el caso esté perdido, porque ya lo estaba. La ley de arrendamientos está hecha para los propietarios. Cualquier contrato firmado por una persona física, incluso los subrogados por vía familiar, puede ser extinguido a petición de los dueños. Fue lo que hicieron. Me negué al abandono voluntario. El caso fue al juzgado por la vía urgente y se ordenó el desahucio. Diez días para el lanzamiento. Retiré el letrero y presenté un recurso ante el juzgado. Un procurador amigo me dijo: No hay ninguna posibilidad, y encima tendrás que pagar las costas. Pero, por favor, hazlo. Escribe ese alegato. Estoy deseando leerlo. Y, sobre todo, que lo lea el juez.

Escribí:

Señor Juez: Hace ahora setenta años, mi abuelo materno, Antón Ponte, en el mar de Terranova y Nueva Escocia, fue pinchando con una aguja la yema de sus dedos para evitar con el calor de su sangre la congelación de las manos. Este hombre tenía un sueño. Yo habito ese sueño. Le escribo dentro de él. Pero a punto de quedar helado con un frío diferente e implacable: el avance del Vacío, el imperio de la injusticia...

¿El imperio de la injusticia? ¿No se enojará? ¡No sé, pero hay que decirlo!

Ya no recuerdo bien cuántos días pasaron desde que presenté ese escrito de oposición. Llamo al procurador amigo. El procedimiento es de urgencia, sí, pero en este caso aún no se acordó la ejecución judicial. Estará al caer. Pero el juez tiene rabioso al abogado de los propietarios. Un día sí y otro también presenta un requerimiento.

¿Y el juez?

El juez me dijo el otro día, muy tranquilo: Voy a leer otra vez ese canto del cisne.

Anochece. Vuelve Ramiro, Sibelius, de luchar contra el vacío. Es admirable el modo en que interpreta a Bach con un teclado Yamaha, casi un juguete para niños. Si se detuviese el tráfico. Si por un momento se quedase la ciudad en silencio, se escucharía a Bach desde un pequeño teclado.

Goa viene a recibirlo. Le trae una infusión en una taza para que se caliente las manos y el alma. Eso dice. Y él responde: Será mejor calentar el cuerpo.

Goa devora libros. Los huele. Baila con ellos. Llora. Los besa. Se enoja. Se enfada con los libros.

Anda y que te den.

Vete a ver de qué lado sopla el viento.

Lee varios a un tiempo y pone en ellos como marcadores cucharillas de café, o una hojita de laurel, o una cerilla con la cabeza roja por fuera.

Creo que se quieren mucho, Sibelius y Goa.
Se entienden con pocas palabras.

Sibelius vino a Terranova por Goa. Ella me
había dicho: Hay un señor, muy formal...

Puedes traerlo, Goa. No tienes que dar explicaciones.

¡Pero no es traerlo!, dijo algo incomodada.
Había en ella siempre un resabio de suspicacia. Cicatrices del pasado. Él sería un huésped, pagaría la
estancia.

No es un vagabundo. El señor fue cura.

¿Cura?

¡Párroco, incluso!

Nos habíamos quedado mirándonos. Esos
momentos en que la vida de otro te hace pensar en
la propia. Ella fue la primera en reírse.

Hace tiempo que tengo ganas de hablar. Y hoy
estoy nervioso. Necesito compañía.

¡Eche un trago, Sibelius!

No, ya he tomado la infusión. Hace tiempo
que dejé el alcohol. El altar era mi taberna.

Era sangre de Cristo, dije. Esto es Campari.

Cuando más bebí fue Antes de Cristo.

No acabó a bien con Él, ¿eh, Sibelius?

Con Cristo, sí, a medias. Pero con Él, no.

Mojó los labios en un poco de Campari.

Me desesperaba cada vez más esa cosa del
Dios ciclotímico. Con el trabajo que le costó la Crea-
ción. Y luego va, en un arrebato, y decide hacer el
Gran Barrido. ¡Se comporta como un tirano pagano!
Confieso que cuando llegaba a este punto en la lec-

tura bíblica tenía que reprimir la ira. A veces me saltaba el guion. Echaba un trago. La gente pensaba que era agua, pero era ginebra Fockink, dispensando. Como en la historia del santo Job. Se me acababa la paciencia. Otro trago de Fockink.

Discrepo, Sibelius. La fe que yo le tenía a ese Dios iracundo, que parecía proclamar: ¡Se acabó el futuro! Para mi tío Eliseo era un personaje magistral de la literatura abyeccionista. Aquel momento en que el Creador aborrece su creación y quiere deshacerse de ella. Yo lo viví en el Pulmón de Acero... Me sentí implicado.

Yo pasé de chico por aquí, dijo Sibelius. Recuerdo que se vendían esferas artesanales y los famosos «mundos».

Mi madre tenía ese arte, el de hacer «mundos». Con alambres y papeles de colores. Y también coloreaba las esferas. La estoy viendo, pintando las islas de la Polinesia, una a una, lo difíciles que son de pintar las islas. Después de eso, parecía una inmensidad cuando el pincel hacía surgir en zancadas de blanco de zinc la nieve de Siberia. Estaban rellenas de lino, y todas guardaban algo dentro. Una nuez, una castaña, una pepita de cereza, cosas de Comba.

Terranova fue el mejor recuerdo que me llevé antes de ir al Seminario Menor de Santiago, dijo Sibelius. Porque vinimos justo la víspera del ingreso. Yo compré una de esas esferas. Y compré también el *Robinson Crusoe*. Era mi primer año. Me requisaron el libro y la esfera. Para lo del libro ya iba algo avisado, pero nunca entendí por qué me quitaron la esfera.

Sería porque giraba.

Pensé que iba a sonreír, pero noté que aquel episodio no se había desvanecido con el tiempo. Que era portador de un desasosiego esférico. De vez en cuando, se quejaba de úlcera. Un hueco terráqueo.

Pasaba de la medianoche. Yo estaba leyendo, enfrascado, uno de los cuadernos de *Mnemósine in Hispania,* allí donde Amaro trata de la expulsión de los judíos de España en 1492, en un apartado que titula «Operación Santo Niño de La Guardia». El relato documentado de un montaje represivo y propagandístico, a partir de la invención de un crimen nunca ocurrido, y todo urdido por el Santo Oficio, uno de los más poderosos y eficaces servicios secretos de toda la historia. Por los medios, la técnica y el resultado obtenido, con el expolio y fulminante expulsión de los hebreos españoles, se trata para Amaro del gran precedente de las operaciones criminales puestas en marcha por los Estados totalitarios en el siglo xx. El caso del falso mártir no quedó ahí, fue tal el éxito que se siguió ordeñando la invención, con el colaboracionismo intelectual de personajes célebres, entre los que destacó Lope de Vega con su obra *El niño inocente de La Guardia,* donde se funda un mito patriótico: «¡Mil veces dichosa España, / que este mártir mereciste, / niño, y padre de tu patria!». No existió tal niño, ni tal crimen, escribe Amaro, hay un santuario a él dedicado, donde cada año se le rinde culto a una tremenda patraña.

Ahora Amaro pasa a contar la gran controversia religiosa, histórica y cultural que ocupó a esos grandes personajes del XVII: ¿A quién debería corresponder el Patronazgo de España, a Santa Teresa o al Apóstol Santiago? Resultó decisiva al respecto la intervención de Francisco de Quevedo, que incluso rechaza la solución salomónica del copadronazgo en el exordio *Su espada por Santiago*...

Vaya. Una conspiración para que deje la lectura.

¿Quién anda ahí?

Ya es tarde de más para que ande gente levantada. Para que llamen justo a la puerta de la Cámara Estenopeica.

Es Expectación. Ese aspecto de alguien que viene de pelearse en la cama con toda una asamblea de dioses.

Perdona, dice ella. Vengo a deshora. Pero es por la conciencia.

La conciencia nunca viene a deshora. ¡Es una musa!

Será. A mí no me deja dormir. No tengo la suerte de otros, de esos bobalicones que salen en la televisión diciendo que siempre duermen con la conciencia tranquila. ¿Quién puede dormir hoy en el mundo con la conciencia tranquila?

Yo, no.

Pues yo tampoco, dijo ella. Y se quedó callada.

¿Qué pasa, Expectación?

Tenemos a la Virgen.

Al principio, no la entendí. Pero sentí el cross a la mandíbula.

Tenemos a la Virgen Grávida, María Anunciada, Nuestra Señora de Chor, esa que el señor Amaro decía que era una joya.

La robaron, dije. Mi tía Adelaida y el Aviador denunciaron el robo, pero ni rastro. Hay mafias dedicadas a eso. Ladrones de imágenes. Profesionales. Hicieron un cambio y durante años...

Expectación me dejó hablar. Su semblante, a esas horas, me pareció no el de quien fue mi ama de cría, sino el de un ídolo indio tallado a golpe de hacha.

Todo eso que cuentas ya lo sé, dijo por fin. Pero la Virgen la tengo yo.

¿Qué dices?

Traía una bata por encima del camisón. Yo estaba metido en el siglo XVII, y no había reparado mucho en las curvas de Expectación. Abrió la bata y sacó un rebujo de paños que fue desenvolviendo con mucha delicadeza hasta que apareció, menuda, hermosa, aquellos ojos antiguos alerta, María Anunciada.

¿Qué hace esto aquí? ¡No es nuestra!

Estaba nervioso, confuso. Irritado.

Pero Expectación chilló más que yo.

¿Cómo que no es nuestra? ¿De quién entonces? ¿De los pasmarotes de tus tíos? ¿De esas mafias de las que hablas? Si no llega a ser por nosotros, por mí y Dombodán, ya no habría ninguna Virgen. Fuimos nosotros los que pusimos la otra talla. La hizo Croto, con mucha maña, por cierto, idéntica. Lo hicimos para protegerla. ¡A saber dónde estaría hoy la verdadera de no ser por nosotros!

¡No la sueltes, Expectación!

Duermo con ella.

El origen del mundo

Baleia ladró.

La vieja Baleia no ladraba. Y ahora ladraba sorprendida de su ladrido.

Yo, desde luego, no me acordaba de haberla oído nunca y, en la soledad de la noche, me sobresalté en la lectura pensando que los ladridos venían de ahí, de los márgenes del texto, de las veredas y la maleza de los espacios en blanco.

Era, pues, un ladrido histórico, telegráfico, que quería transmitir una información fundamental.

Salí de la Cámara Estenopeica, me cegó la luz de una linterna.

¿Y ahora qué hacemos?, dijo una voz.

¡Lo que hemos venido a hacer!

Sentí un fuerte golpe en la nuca, y durante un rato ya no vi ni oí nada.

Me costó mucho trabajo despertar de la inconsciencia. Por el dolor que dejó el impacto, el estado de incertidumbre y mareo y la humillación de verme impotente en el suelo, pero también por la dificultad para entender la acción vertiginosa que se estaba desarrollando en Terranova. Una atmósfera llena de humo y atravesada por gritos de alarma.

En la zona de Penumbra, Zas, Expectación y Goa apagaban con un extintor y a golpe de mantas las llamas que intentaban trepar por las estanterías desde el suelo. Los agresores debieron de verter gasolina. El piso, por fortuna, era de baldosa, y la defensa de Terranova parecía avanzar con éxito. Mientras, desde la escalera de caracol, apuntando con un rifle, Sibelius mantenía inmovilizados a los dos agresores. Me pareció un estribillo surrealista, hasta que me convencí de que era eso lo que decía: ¡Es de matar elefantes! ¡Es de matar elefantes!

Y debía de ser un arma seria, para cualquier enterado, porque los malhechores se mantenían muy quietos, paralizados, y con las manos en alto.

¡No dispare, por Dios!

¡Aquí no hay Dios!, gritó Sibelius. Dicho por él, y con el rifle en las manos, resultaba muy convincente.

¡Por favor, páter!

¿Páter? ¿Qué sabes tú?, preguntó Sibelius desconcertado.

¡Yo sé todo de Terranova!

Zas apareció desde el fondo, tiznado, jadeante por el esfuerzo de matar el fuego.

No hagan caso del palique de este. El Boca está siempre con los ojos en el amo, ¿no es cierto? Por cada verdad que dice le cae un diente, y todavía los tiene todos. Y aquí el colega, el Bate, come de todo, pero lo que más le gusta es la caña de los huesos.

El humo de Terranova había despertado la alarma en la calle Atlantis. Se oían voces. Gente que se asomaba a las ventanas. Se acercaba el ulular de la primera sirena.

¿Quién os ha mandado?

Era una pregunta inútil, pero había que hacerla. La hice.

Su respuesta fue tratar de huir. Corrían hacia la puerta, pero frenaron en seco con el estruendo del disparo de Sibelius. Estaban asombrados, y nosotros también. Pero el más asombrado era el propio Sibelius. Había acertado justo en el reloj de pared.

¡Acabo de matar el tiempo!, exclamó.

Ya estaba parado, dije.

De camino a la comisaría para declarar, Sibelius me contó el origen del rifle. Cuando aún ejercía, y con fe, fue a confesar a un feligrés ya anciano, un hombre adinerado, un banquero.

Resultó la última confesión, contó Sibelius, lo que llaman «ponerle las espuelas». Pero el viejo estaba lúcido a su manera. Después de la absolución de los pecados, le mandé rezar un padrenuestro en penitencia. ¿Solo un padrenuestro?, preguntó extrañado. Le dije que bastaba. Dios no está sordo. Y no hay que empacharlo. Aquello debió de gustarle. Era un hombre ahorrador. Fue entonces cuando me preguntó si tenía un arma. ¿Arma, yo? Me escandalicé: ¡Yo ya tengo la cruz! Sí, pero la cruz, sin el arma, adónde va, dijo él muy seguro. Y me habló de los ángeles arcabuceros. Esas imágenes de ángeles, sí, pero armados, y todos rubios, que intimidaban a los indígenas. ¿Qué hace un hombre sin un arma? Un trabuco, un arcabuz, una escopeta. Algo. Ahí está la historia. ¡Yo soy un cura, un hombre de Dios!, lo amonesté. Como si no me hubiese oído, chascó la lengua y me dijo: Tengo algo para usted. Se levantó con dificultad, abrió un armario y volvió.

Tome, dijo. Un rifle de caza mayor. Para matar elefantes.

Pero ¿usted ha matado elefantes?

Ya he rezado el padrenuestro. Buenas noches.

Tocó una campanilla. El ama de llaves enfundó el rifle y me acompañó hasta la puerta con una sonrisa.

Lo de Terranova no era un atentado, como en el pasado, ni una represalia. La operación tenía un objetivo claro, y en eso estaba de acuerdo el subinspector que nos tomó declaración. Se trataba de provocar un incendio y de que el edificio tuviese que ser desalojado de inmediato y declarado en ruinas. No solo quedaría despejado el espacio, sino destruida la propia arquitectura a conservar. Menos gastos para la nueva construcción. La estrategia del abaratamiento. De vidas, de materiales.

El abaratamiento, sí, murmuró el subinspector después de oír mi desahogo.

Está pasando eso, dijo el policía. Lo más grave del caso es que había vidas en juego.

¿Y qué dicen los agresores?

Ahora los dos payasos dicen que entraron a apagar el fuego, no a prenderlo. Y que casi los matan con un rifle de caza mayor.

Lo único que maté fue un reloj, dijo Sibelius. El pobre reloj de la República.

Había un hermoso amanecer en la bahía. Busqué en el cielo el hueco de los estorninos. Imaginé que volvían las bandadas y dibujaban elefantes. Paramos a tomar un café en el Atalaya, en los jardines del Relleno, justo enfrente de la Jefatura de Policía. Se acercó una mujer a nuestra mesa. Quería hablar un momento conmigo. Se presentó como la inspectora Ana Montés. ¿Podía sentarse? Sí, ya estaba sentada. Sonrió. No había en ella, no obstante, descaro, sino acción. Su expresión y la forma de estar del cuerpo, la mirada inquisitiva sostenida con serenidad, recordaban la manera de presentarse la luz de la mañana desde el otro lado de la bahía.

No, no quería café. Un té negro.

Dijo, sin más:

Dirijo el grupo que investiga el robo de imágenes religiosas en Galicia. Con la intención de recuperarlas, claro.

¡Qué interesante!, dije.

Y volvió a sonreír. Su mirada había avanzado, explorando la posibilidad de una rendija en mi corteza cerebral.

Las imágenes, dijo Sibelius melancólico, eso es lo único hermoso y auténtico que queda en la Iglesia.

Pero no solo es una pertenencia de la Iglesia, dijo la inspectora. Es un patrimonio público, una riqueza artística para compartir, creyentes o no. ¿Saben cuántas imágenes, cálices, cruceros, pilas bautismales y hasta gárgolas de valor desaparecen cada año? Es como una peste. Y un gran negocio. Hay mafias organizadas y personas importantes implicadas. Porque no existirían esos robos si no hubiese gente con dinero que compra las imágenes.

Es el Imperio del Vacío, dije.

Sí, una buena definición, señor Fontana. Y están vaciando lo irrepetible.

Algo así ocurre con las librerías, salvando las distancias, claro, me atreví a decir. Me daba la impresión de que Ana Montés no estaba allí para mantener una simple cháchara.

Me miró de hito en hito. No había probado el té.

Señor Fontana, sé que no es su estilo, tampoco el mío, conviene ir con calma, pero ahora no podemos perder más tiempo.

No.

En Terranova tienen algo muy valioso que no debería estar ahí.

No sé de qué me habla.

Sí que lo sabe.

La mirada de Ana Montés ya había traspasado del todo mi corteza frontal. Era absurdo intentar engañarla.

La María Anunciada no es un robo, dije. Estamos protegiéndola.

Esa es una idea demasiado extendida, dijo con enfado. Al principio, la intención de la gente es buena. Pero luego hay muchas imágenes que nunca vuelven a su lugar.

Yo también me enojé:

¿Qué quería que hicieran, inspectora? ¿Dejar la Virgen Grávida abandonada o al alcance de unos depredadores que la venderían tan pronto le pusieran las garras encima? La Virgen volverá a Chor. O a un museo. Donde ustedes digan.

No, dijo ella. Apartó con la mano el cabello de delante de la cara, un rubio de cobre. Dijo: Vamos a hacer algo mejor, algo milagroso. Vamos a hacer caer a uno de los grandes capos de este negocio. Y de otros asuntos mágicos. Usted sabe de lo que estoy hablando. Todo estaría perdido si esta noche les hubiese salido bien el golpe. Habríamos perdido la María Anunciada. Y habríamos perdido Terranova.

¿Acaso podemos hacer algo para que caiga el intocable Lamarella? Supongo que llevan años detrás de él.

Ana Montés se puso en pie y esperó hasta que nosotros nos levantamos.

Por favor, vengan a mi despacho. Está ahí, en Jefatura. Algo muy importante ha cambiado. Ahora tenemos el anzuelo, la caña de pescar y el cebo.

Volvía a estar animada. De camino, me hizo una confesión: ¿Sabe que de chica robé un libro en Terranova?

Sí, lo sé. Los *Himnos a la noche* de Novalis. Ha llovido mucho, pero lo he recordado tan pronto la he visto. Lástima que aquella chica no volviese para robar más.

Se quedó pasmada. Pálida. Pensé que el color cobre iba a blanqueársele.

Me ha acompañado todos estos años. Todavía está en la mesilla. Tengo que devolvérselo.

Déjelo. Está en buen sitio.

Fernando Lamarella, el Máster, tenía a un experto en arte sacro para sus pesquisas como cazador de tesoros. Contaba con más colaboradores, pero era en ese hombre, un catedrático jubilado, de imagen social honorable, vida austera y católico devoto, en quien de verdad confiaba a la hora de valorar y tomar decisiones sobre las piezas importantes, y de comprarlas o moverlas en el mercado ilegal. ¿Por qué lo hacía? Ana Montés me contó que no era exactamente por dinero, aunque también obtenía su tajada. Lo más importante para él era el placer de poder tocar esas piezas, poseerlas, aunque fuese de modo efímero, y sobre todo ponerles un precio. ¡Ponerle precio a una Virgen o a un Cristo!

Tenía un punto flaco que él confundía con fortaleza. La vanidad. En la documentación incautada a una banda de ladrones de imágenes, aparecía un informe sobre varias tallas en la comarca del Deza que era una obra de arte en sí mismo. Contenía la precisión de un perito, la sabiduría de un experto en iconos, pero también una mirada singular que lo diferenciaba de cualquier otro documento, normalmente reproducciones de libros, catálogos, papeles periodísticos o impresiones de Internet. El informe al que me refiero no estaba firmado, claro, pero Ana Montés llegó a la conclusión de que era auténtico, de que era original. Y cotejándolo con otros escritos sobre arte sacro llegó a la conclusión de que había dado con el hombre. Pero fue la vanidad lo que lo llevó hasta él, y la vanidad lo que lo hizo confesar sin saber que se estaba delatando.

La historia de la cultura es de serie negra, murmuré.

Pero lo importante es el matiz, dijo la inspectora Montés. Es lo que hace inclinar la balanza, el matiz. El escrúpulo. Y yo lo encontré en este hombre. Me costó, pero lo encontré.

A Expectación no le importó aceptar la operación. Se entendió muy bien con Ana Montés. Las dos, a su manera, eran unas hechiceras. Para el experto tampoco fue difícil convencer a Lamarella. La María Anunciada era una Virgen única, una de las imágenes donadas por Santa Isabel de Portugal en la peregrinación a Santiago en el siglo XIV. En la versión que le dio al Máster, había llegado a esa imagen por un azar casi milagroso. La mujer guardaba en secreto la original, mientras una copia ocupaba su lugar. Al principio, la intención era preservarla del deterioro y del peligro de los robos, que se multiplicaban en la comarca. Pero ahora, pasados los años, llevada por la necesidad, había decidido venderla. Y como algo había de cierto, habló con toda pasión. La mujer no era tonta, pero sí ignorante del valor real de la imagen. Podía ser una ganga. Su precio se multiplicaría por mil en el mercado ilegal. Pero la mujer, Expectación, ponía una sola condición. No quería intermediarios. Quería saber en qué manos quedaba la Virgen Grávida.

Y así entró en la casa del Máster la María Anunciada, arrebujada en una manta, como una niña en el regazo de Expectación.

Y allí se quedó con un chip de seguimiento bien camuflado.

Fernando Lamarella fue noticia, pero en esta ocasión no como un modelo de emprendedor. En la fotografía que publicó la prensa, después de ser detenido, se le veía con gesto torvo, desviando la mirada de la Virgen Grávida.

No fue el único hallazgo. Una pequeña imagen religiosa, una Virgen preñada, provocó la caída del imperio del Máster. En definición de Ana Montés, una gran geología de dinero sucio tapada con hierba artificial.

Entre los negocios incautados estaba la antigua inmobiliaria Hadal. El proceso de desahucio de Terranova quedó paralizado.

Llamó Cecilio. La voz haciéndose entender laboriosamente, el dedo en el estoma, trabajando con todo el cuerpo.

Me alegro de que no cierre Terranova. ¡Quiero que me entierren ahí! ¿Qué huevo duro me recomiendas?

Y añadió: Estoy enfermo, sí, pero no me vengas con estupefacientes. Quiero algo intranquilo.

En la gente es imprevisible la relación entre vida y lecturas. Siempre se dijo: Somos lo que leemos. Pero, muchas veces, somos lo que no leemos.

En Terranova entra alguien y te dice: Mi marido me dejó, se largó con otra, por fin. Yo lo animé. Le dije: Mejor que te vayas con ella. Somos civilizados, somos unos cabrones, ¿no? Pues ahora quiero algo fuerte. Algo erótico, pero de verdad. Nada de indirectas, sin subordinadas. Algo que me haga meterme el libro en el coño. Entonces, el *Cantar de los Cantares,* le dije. En la mismísima Biblia. O este otro, todavía fue ayer. Me había enterado de que su mujer había muerto hacía poco. Sabía que eran del Opus Dei. En bajito: Quería conseguir *Senos,* de Gómez de la Serna. Como si estuviese pidiendo la obra más libertina de la historia.

Un momento, dije. Tenemos una edición maravillosa, ilustrada, de Buenos Aires, de cuando aquí estaba prohibido.

Vi una vez el canto del libro, en un armario cerrado con llave. Cada vez que abría otro libro, pensaba en ese. Y en la llave. Sobre todo en la llave.

Cecilio me dice que necesita un huevo duro para leer. Algo peligroso. Nada de paja.

Lee el *Ferdydurke.* Te vendrá bien hacer el camino de vuelta a lo inmaduro.

Cada vez que abro ese libro de Gombrowicz, sale de dentro mi tío Eliseo recordando que fue traductor de una parte. Yo y Eba, de un tirón, decía con desfachatez. Sí, lo hicimos en un día con su noche. ¡Eba era un prodigio! Gombrowicz había nombrado al cubano Virgilio Piñera presidente in péctore del Comité de Traducción. Eran cincuenta traduciendo, de la versión francesa al castellano, se tomaron su tiempo. Pero nuestra parte la hicimos de una sentada. Ese pasaje donde dice: *Y así para los Maduros, yo era maduro, mas para los Inmaduros era inmaduro...*

Eba era el modo amistoso y femenino con que Eliseo trataba a Eduardo Blanco Amor. Pocos años después, en Buenos Aires, Eba escribió *A esmorga.* El manuscrito llegó a Galicia en la maleta de Isaac Díaz Pardo. ¡Qué novela, la historia de esa maleta!, contaba mi tío en enigma. Esa sí que era un arca de Noé. Se intentó publicar aquí, pero la censura la trató como basura. La despacharon en tres o cuatro líneas. El censor escribió, más o menos, que era una historia de borrachos y putas. «No debe autorizarse.» Se publicó en Buenos Aires, en 1959, en gallego. Y un año después en castellano, como *La parranda,* en la Fabril Editora. En Terranova, por la zona de Tierra Escondida, tuvimos una carga de *esmorgas* y *parrandas,* traída en la travesía de 1961 por el capitán Canzani. Mucho después, sería uno de los descubrimientos de Garúa. Se había quedado conmovida. En los ojos enrojecidos, la imagen final de una escoba que barre los pedacitos y los sesos de la cabeza del narrador, que muere torturado. «Unos cachitos de cosa blanca, así como materia.» ¡Esto sí que es un cross a la mandíbula!

Ese hueso de *Ferdydurke* ya lo he roído, dice Cecilio. Necesito otro alivio.

Barrunto que está hablando y no está hablando de libros. Escucho su aliento, su resuello de submarinista a demasiada profundidad.

¡Vivo de permiso, Fontana!

Tú no estás estructurado para morir, le digo. Ven a pasar la temporada de verano a Terranova. Expectación ha montado un huerto en la terraza de la buhardilla. ¡Tendrías que ver el tejado de dedalera!

Había en Galicia muchos tejados, con las ondas de la teja árabe, donde hierbas y flores proliferaban con la lluvia, una siembra del viento y los picos de los pájaros. Pero lo del tejado de Terranova, en verano, era un campo celeste sembrado de dedalera. Aquel prado de candelas rosáceas parecía el logro final de una arquitectura cuya materia soñaba con una segunda naturaleza, y la casa trepaba con gozo sobre su propio cuerpo. Quien diseñó Terranova tenía en mente dedaleras y, al final, le salieron. La primera vez que florecieron me maravillé, pero, no obstante, llamé al propietario, a Old Nick, para darle cuenta de la novedad. ¿Dedalera? Sí, una planta herbácea, *Digitalis purpurea*. Ya era la época en que se urdía el asedio. Me soltó en tono displicente: ¡Sé de sobra lo que son dedaleras, Fontana! Y añadió algo que desató todas las sospechas: No quiero que toque ese tejado, no quiero que toque nada. Pensaba que me iba a fastidiar, pero me dio una alegría. El caso es que Expectación montó en la terraza un pequeño huerto. Además de las dedaleras, ahora recuerdo un *art nouveau* de pimientos y tomates. A propósito de pimientos, le conté que había encontrado en un libro la referencia a un epitafio histórico, anotado en Padrón, que dice: *El último sí que picaba.*

Pues prepárate, que estos van a picar todos, dice Expectación. ¡Tienen el mar dentro!

Debería hacer una foto para repartirla por el mundo como postal: *Campo de dedalera en la librería Terranova.* En las paredes de la Cámara Estenopeica fijé las fotos de librerías que durante años envió el tío Eliseo. Ahora comprendo su admiración por Bugs Bunny, el héroe del Grupo Surrealista de Chicago. Para él, cada librería era una de las miles de bocas de una madriguera universal. Él podía moverse por todas esas galerías, incluso submarinas, y si cerraban una, salía por la boca de otra. Ningún poder malhumorado, ningún propietario tipo Elmer Gruñón, podría atraparlo. La mayoría de las imágenes, claro, eran de Buenos Aires y Montevideo. Pero también llegaban de lugares tan diferentes como Oporto o Estambul. Echo una ojeada cada mañana, saludo, ¡*aurrera, endavant,* arriba los corazones, *allons, enfants!* Ahí está El Rufián Melancólico, en San Telmo. ¡Dale, Rufián!

Al principio, Eliseo enviaba cartas que sorprendían por la formalidad con la que estaban escritas. Cartas que, conociéndolo, resultaban cómicas: *Yo, por la presente, les comunico que me encuentro bien, gracias a Dios, y envío un recuerdo afectuoso para todos ustedes y también para los animales de la casa.* Cosas por el estilo. Nos daba la risa, pero fue Amaro quien dijo: Está pasándolo mal, tanto tópico parece un mensaje de socorro. Mi padre llamó con preocupación al sanatorio, pero solo obtuvo respuestas tranquilizadoras. El señor Eliseo Ponte estaba respondiendo muy bien al tratamiento. ¿Qué tratamiento? El tratamiento adecuado a su problema. Su comportamiento, informaron, es ejemplar. ¿Podría hablar con él? Por supuesto que podría hablar con él. Pero tendría que llamar a las horas indicadas, a la centralita, cuando los internos acuden a los locutorios.

Pero la centralita siempre comunicaba.

Tal vez somos muchos llamando, dijo Amaro para tranquilizar a Comba. Pero estaba tan inquieto o más que ella: ¿No le estarán dando electroshocks de esos?

Mis padres fueron a visitarlo durante esos años de finales de los setenta. No era el mismo Eli-

seo, estaba serio, poco hablador, incluso enigmáti-
co, pero parecía encontrarse bien.

Un día, en la primavera de 1980, fueron ellos,
los de la clínica, los que llamaron. Y era para informar
de que el paciente interno Eliseo Ponte se había au-
sentado del sanatorio sin permiso, aprovechando el
horario de paseo por el bosque. Se había ido, al parecer, con la complicidad de otra persona que lo estaba
esperando en un vehículo. No, no podían dar más
información. No, no se había informado a la policía.
No se trataba de una persona peligrosa. Y comunicar
su desaparición era una decisión familiar.

Pasamos unos meses sin noticias suyas. Ahora, el único que no parecía angustiado era Amaro.
Era como si hubiese siempre entre ellos un hilo invisible que los comunicara. Hasta que un día llegó
la primera postal dentro de un sobre. Ahí está, en la
pared, la imagen de la librería Lello & Irmão de
Oporto. Y ya no dejaron de llegar, con regularidad
trimestral más o menos. Una por estación, como
marcas de viaje.

Pero todos los envíos, sin dirección de remite,
estaban sellados en París. En el texto de las postales o
en breves notas escritas, jamás hablaba de sentimien-
tos o estados de ánimo. Informaciones muy someras,
como pies de foto, escritas en un plural mayestático,
del estilo: Fuimos a Londres y en la National Gallery
nos pusimos de rodillas ante el *Autorretrato a la edad
de 63 años* de Rembrandt. En una de las postales, se
refería a *Pierre, mi amigo*. Y a partir de ahí, el plural se explicaba por esa presencia.

Las cartas fueron espaciándose hacia finales
de los años ochenta. La última es de la primavera

de 1989. Una postal antigua, de los años treinta, de la librería La Moderna Poesía de La Habana. Y no hubo más. Hasta que un año después, en mayo de 1990, llegó un paquete grande como una maleta que contenía... una maleta. El remite era de París, pero en él no figuraba el nombre de Eliseo. Solo ponía: *Maison de Retraite Tiers Temps, 24-26, rue Rémy-Dumoncel, 75014, Paris, France*. Acompañaba el envío una carta de la administración del asilo en la que se daba cuenta del fallecimiento de Eliseo Ponte, con un certificado médico, e informaba de que, de acuerdo con su voluntad expresada en vida, su cuerpo había sido incinerado y las cenizas entregadas a personas de su confianza para ser esparcidas en un *certain point de l'esprit*, esa era la expresión literal. La maleta de cuero, con adhesivos de diseños de viajes de muchos lugares del mundo, parecía vacía, pero al abrirla encontré la flor de plástico de Pedro Oom y un poema firmado por Samuel Beckett: *Comment dire*.

Cómo decirlo.

No sé lo que pasó con exactitud en la intimidad de su cabeza, pero Amaro interpretó todo esto como un mensaje. En silencio, durante días, preparó su adiós. Él era el último de los Hombres de Lluvia que Aman el Sol. Se había cumplido el augurio de que la Piedra del Rayo protegería a quien la tuviese en sus manos. Nunca pensó que le iba a doler tanto una invención.

En el mes de julio de 1980 fue encontrada muerta en Madrid una de las fundadoras de las

Madres de Plaza de Mayo. Me había enterado por una noticia de prensa, un pequeño suelto. La identificaban como señora De Molfino. El cuerpo había sido hallado por empleadas de la limpieza, alertadas por el olor de la putrefacción. Noemí Gianotti de Molfino había entrado en el aeropuerto de Barajas el 18 de julio, custodiada por dos hombres de los que luego se supo que pertenecían a un comando militar de la Dictadura. En aquel entonces, apenas hubo más información sobre el caso. El juez lo cerró sin investigar. No había pasado mucho tiempo, unos meses, desde la marcha de Garúa camino de una guerra perdida. Decidí ir a Madrid, sin saber muy bien para qué, pero empujado por un dolor rebelde. El cadáver había sido hallado en una habitación de un apartotel, en la calle Tutor. En uno de los encuentros, en el Oliver, me vi con un periodista amigo de Cecilio, Antonio Novais, corresponsal de prensa extranjera. Salí en dirección al Prado. La cita era en la sala de Goya. Iba a encontrarme con Verdelet, el antiguo amigo de Amaro, y alto funcionario. Mi padre, en confianza, se refería a él como Oráculo. Pero en esta ocasión no pude llegar a tiempo para consultarlo.

Camino del museo, en la calle Marqués de Cubas, me vi de pronto rodeado, emparedado diría, por dos grandullones que me empujaron a un portal y no se anduvieron con eufemismos.

¿Qué pasa? ¿Qué quieren?

¿Qué es lo que quieres saber, patachula?

¿Saber de qué? He venido a Madrid a ver exposiciones...

Pues se acabaron las pinturas. El caso de la argentina está cerrado. Se mató ella.

Iba a decir algo, pero el otro se adelantó:

Si no se mató, la mataron. ¿Y qué? Los que la mataron se largaron. Estarán de tango. Y qué coño andas preguntando de otras muertes. Aquí no ha pasado nada. Nada más, por ahora. ¿Qué coño andas preguntando de otras muertes? ¿Quién hostia te crees que eres, el teniente Colombo en cojo?

Traté de escabullirme. Aquella calle estaba casi desierta. El cuerpo emitía señales inequívocas en una situación de emergencia. Me castañeteaban los dientes sin poder evitarlo. Una percusión involuntaria que recorría todo el esqueleto. Hacía mucho calor en Madrid. Sudaba y sentía escalofríos a un tiempo.

El que tenía enfrente me agarró la mano, sin mirar, como distraído. Sentí que se partía un dedo. Ese dedo era mío. Era tanto el miedo que no me dolió en ese momento. Después, sí. Mucho. Todo el dolor de la historia se apoyaba en el meñique.

No se te ocurra presentar denuncia. Somos policías. Estaremos allí, en la comisaría donde tú llegues. Sí, somos policías. Tú también eres español, ¿verdad? Pues estamos aquí para hacerte un favor. Lárgate ya, hoy. Pillas un tren o un avión y te largas para tu puta librería. ¿Entendido?

Por entonces yo no sabía nada. Pensaba que sí, que sabía, y que podía ir contra el mundo. Que había salido inmune del Pulmón de Acero, de aquel cilindro donde había estado de niño. Pero, en segundos, toda la realidad giraba alrededor de mi meñique roto.

En la aparente calma, Madrid era una caldera que comía fuego.

No tardaría en producirse el intento de golpe del 23-F. Dos años después cayó la Dictadura argentina. Pero, tal como había ocurrido en España, se intentó sellar el pasado, legalizar la impunidad, mediante una ley de Punto Final.

No era fácil avanzar en la verdad.

Había más gente dedicada a tapar que a desvelar.

Una de las personas con las que hablé en aquel entonces, hacia el fin de la Dictadura, sobre la posible suerte de Garúa, me dijo que no sabían si habría entrado en Argentina o habría caído en la misma frontera, como la gran mayoría, en aquel retorno que se convirtió en una trampa mortal. Desde Madrid, la ruta lógica era a través de Lima. También podría haber sido vía Cuba.

Pero ¿quién la llevó desde Galicia? ¿Quién fue a buscarla? Le describí a los personajes, le hablé de la reaparición del mismo que había revelado en el piso de Madrid las fotografías de los neofascistas presentes en los funerales de Franco. Ese tenía el cabello azabache. Ella lo llamó Tero. Y Negro.

¿El Negro Tero? Cualquiera de nosotros puede ser en cualquier momento el Negro Tero. También tú.

Me confesó que todo aquello de la Contraofensiva había sido un delirio de gerifaltes y que la organización se había partido y destartalado. El fin del sueño de la juventud maravillosa.

Prometió más información, si la obtenía. No volví a saber de él.

Lo que me pasa siempre. Que al abrir cada mañana la Cámara Estenopeica pienso que va a estar allí. Entreabro. La veo. Dura el tiempo en que tarda el filamento de una bombilla en fundirse.

Después de rumiarlo mucho, decidí instalar un ordenador en la Cámara Estenopeica. Solo lo utilizo para explorar. Ver dónde estuvo ella. Ir a las páginas que hablan de Satie y leer los comentarios. En los buscadores, puse todos sus nombres. Los que le oí a ella. Los que usó el tal Tero: Tana, Chinita, y el día de la marcha la había llamado Mika. Ese alias me llevó a Mika Feldman, la brigadista argentina que fue capitana en el ejército republicano español. El nombre del pasaporte italiano: Giuliana Melis. Solo una referencia. Una joven que trabajó en una película de Pasolini. Una casualidad o una suplantación. No es ella, pero me gusta *verla* en la película, la de *Saló,* como me gusta sentirla en vilo, a mi lado, mientras vemos *L'Atalante.*

Lo que siempre, siempre, acabo viendo es el vídeo de las bandadas de estorninos, *Stormo di storni!,* en el cielo de Roma: *Questa è la scena che si presenta nei cieli di Roma, ogni sera al tramonto!*

Al tramonto. Al crepúsculo. Hay días en que entra alguien en la librería, lo sé por la campanilla de la puerta, pero yo sigo a lo mío, estoy ocupado o entretenido en algo, y de pronto me da un vuelco el corazón, porque al alzar la mirada veo a alguien de espaldas, con un gorro de lana de colores, con la pelliza, una falda hippy o un pantalón de vuelo, y no digo nada, observo cada movimiento, veo que se pone sobre la punta de los pies, estira el brazo y coge una de las reliquias de los Libros del Mirasol. Sí, sí. Justo ese, *El cazador oculto*, el último.

Este es el mismo que *El guardián entre el centeno*, ¿no?

Sí, acá hacen una traducción literal del título, dije. Es el mismo libro del mismo autor, pero *El cazador oculto* es mejor novela que *El guardián entre el centeno*.

Lástima, no se ríe. Garúa estaría diciéndome: Y eso, pibe, ¿es un chiste o un puntapié?

¿Puedo preguntarle por qué se lleva este libro?

Es para un regalo, me dice.

¡Qué suerte!

Cuando veo una cabina telefónica tengo el impulso de descolgar. Oír. Estar un tiempo allí, solo, sintiendo los zumbidos del vacío. Alguna vez me atreví. El prefijo internacional, el de Argentina, el de la capital y luego un número al azar. La mayoría resultan llamadas perdidas. Pero una vez hubo respuesta. Alguien en el otro lado. Una voz de mujer, algo ronca, pero cantarina. No quería ser siniestro, estar ahí respirando, jadeando, así que lo único que se me ocurrió fue preguntar si era la Fabril Editora. Me dijo que no, que estaba equivocado.

Por decir algo, recordé un Camões de Eliseo:

¡Disculpe, erré todo el discurso de mis años!
Y la voz dijo:
Yo estoy empatado, viejo.
Y colgó.

Dejo de mirar los letreros de liquidación.

Hay una pintada en Monte Alto, por la Vereda de la Torre: *No sé qué pensás vos, para mí sos
perfecta.*

El Nacho Potencialmente Peligroso me ale-
gra el día: ¡Epopoi popoi!

Le respondo: ¡Popoi popoi!

Aún permanece la cabina, maltrecha, en el
camino del Faro. Los ojos de la zarza espiando por
un vidrio roto. En el aparato, metálico, la herrum-
bre oculta los números. Cosa extraña, se conserva el
auricular. Colgado con ese estupor de los aparatos
abandonados vivos. Llegan unas niñas en bicicleta.
Entran en la cabina. Fingen que hablan. Simulan
una conversación. Hablan.

¿Estás ahí?

...

No, ahora no hace frío. Viento, sí.

Allí está el Faro.

Algún día tengo que volver a subir hasta la
linterna. La última vez fui con ella. No puedo, Garúa. Sí que podés. Pero ¡son doscientos treinta y
cuatro escalones! No los contás, y ya está. Necesita-
ría un pulmón de acero, Garúa. Arriba hay un pulmón de acero para vos. La linterna del Faro, sí. Un

buen lugar para abrazarse, para sentir que la mano busca, es llevada, acaricia, enciende una tea en el origen del mundo.

A ver quién anda hoy por la Línea del Horizonte.

Índice

Liquidación Final   9
Viana y Zas   21
Ahora yo me escondo   33
La fundación   45
Old Nick   57
El Hombre Borrado   69
El Pulmón de Acero   77
La resurrección   85
El caballo   87
El manifiesto del cuerpo   93
El cielo de la catedral   99
Estación del Norte   103
La Piedra del Rayo   113
El trascielo levitabisma   125
El payaso de Borges   133
El loquero de Dios   137
El Confidente   149
El Seis Luces   161
Expectación   173
Dombodán   183
Limpiar el miedo   189
Un bulto en la noche   199
Los dedos azules   205
La enfermedad de los horizontes   219
La Madama de Fuego   223

Trece perales, diez manzanos, cuarenta
   higueras   227
El Imperio del Vacío   237
El origen del mundo   253

Este libro se terminó
de imprimir en
Móstoles (Madrid),
en el mes de
diciembre de 2015